Guárdame el secreto

Guárdame el secreto

Vol. 2

Jennifer Mbuña

Dedicatoria

Esta obra está dedicada a ti, lector que me lees,
gracias.

1

Recibir una noticia de ese calibre dejó sin palabras a Lily —que ya era difícil—. Que sin poder creerse lo que su amiga le escupía con cierta serenidad, mirándola a los ojos, hizo que se la erizara la piel. Un escalofrío viajó por toda su columna vertebral «¿No sé quién es el padre?», seis palabras que explotaron en su cabeza. No podía creerse que Gianna Jonhson fuera tan estúpida como para no saber quién era el padre de la criatura que estaba gestando.

—¿Perdón…? Disculpa un momento, ¿qué has dicho? —preguntó susurrante, sin apenas poder respirar. Cogió una buena bocanada de aire para poder seguir hablando—. Repíteme eso.

Gianna obedeció.

—Que no sé quién es el…

—Espera un momento. ¡Ben! —interrumpió y gritó varias veces al camarero que en ese momento atendía otra mesa, este la miró de reojo, mientras cogía la comanda—. ¡Ben! Que vengas, coño.

Ben, rojo como un tomate, la ignoró. Lily le estaba haciendo pasar vergüenza. Había escuchado perfectamente, pero no iba a dejar la mesa que estaba atendiendo para acudir, literalmente, a los berridos que Lily le estaba pegando en plena cafetería. Gianna se tapaba la cara avergonzada a la par pedía disculpas a los de su alrededor, que fulminaban a Lily con la mirada y, por ende, al pobre Ben, que cuando terminó de coger la comanda, pidió disculpas, se acercó a la mesa dando zancadas hecho una furia.

—Puedes dejar de pegar gritos como una energúmena —sugirió Ben—. ¿Qué quieres, loca?

—Llévate esta basura y ponme un ron doble sin hielo, para ayer. —Ordenó chasqueando los dedos—. ¡Ya! —gritó.

—No puedo servirte alcohol, y lo sabes —dijo susurrante, mirando a ambos lados del establecimiento, y de la misma forma Lily le contestó:

—Pues me lo pones en una puta taza de café y me lo traes sin que nadie se dé cuenta, o ¿prefieres que le diga a tu padre que eres tú el que nos suministras los botellones los sábados por la noche? ¿A qué no? Pues, ya estás tardando.

—Lil, no creo que debas beber… —advirtió Gianna.

—Tú. Te callas. —Ordenó apuntándole con el dedo índice y ella hizo gesto de cremallera y advirtió a

Ben rojo por la rabia. Lily no era una mujer fácil: cuando se proponía ser insoportable no había quien la aguantara y que su mejor amiga le estuviese contando que no sabía quién era el padre de su hijo… le había tocado la moral.

—Lo siento, Ben, mejor será que le traigas lo que te pide, ya sabes como es.

—Eres una hija de puta —dijo él dirigiéndose a Lily, que se encogió de hombros y le hizo un gesto con la mano para que se fuera ya a por lo que le había pedido.

—De lo que te dé la gana, pero ya estás tardando, vamos, ¿a qué esperas? para ayer es tarde. He dicho.

Ben enfiló hacia la barra. Cogió la botella de ron. Mirando a ambos lados procurando que no lo viera nadie. Agarró una taza de café y la llenó. Fue a la mesa y se la puso enfrente de mala gana; haciendo que varias gotas salieran disparadas de la taza al golpe con la mesa.

—Aquí tienes, hija de puta, y ¿tú eres la que va a ser policía?, pena me dan los criminales y delincuentes que tropiecen contigo.

—Yo también te quiero, Ben. Buen chico, ¡hala! ya puedes retírate.

—Cabrona…

Ben se fue rezongando. Lily le lanzó un beso y le regaló un guiño. Dio un buen trago a la taza de ron, abrasándose la garanta con el licor. Miró a Gianna y escupió:

—Ahora sí, explícame eso de que no sabes quién es el padre de la criatura.

Volvió a dar otro trago a la taza.

—No, no lo sé, Lily. Tuve sexo con Blake el cuatro de julio y el cinco con Hunter.

—Estás de coña —rio nerviosa—. ¡Gianna! Por Dios… —arrastró la voz asqueada—, ¿en qué coño estabas pensando?, Joder.

—Lo sé, Lily, estaba…, no sé, ¿enfadada, dolida…?

—¿Dolida? Me cago en la puta, Gigi, uno cuando se cabrea pega un grito, sale a correr, rompe algo, se caga en su puta madre, pero no se acuesta con su ex. El cual, por cierto, te violó. —Recordó, por si se había olvidado de que el hombre con el que se había casado y ahora, el presunto padre de su bebé, la había violado, o eso creían todos, la noche del baile de graduación.

—Y, ¿no puede ser que estés embarazada desde aquello? no sé igual y …

—Igual y no, tú me diste la píldora del día después, o ¿no te acuerdas? —le dio vergüenza repetirlo en voz alta.

—Joder, Gigi, ¡Joder! Y ahora, ¿que se supone que vas a hacer?, ¿cuándo te diste cuenta de eso? No, si es queeee… madre mía.

—¿Puedes calmarte?, me pones más nerviosa de lo que ya estoy, Lilianaaa… —Apretó los dientes. La actitud de Lily no la estaba ayudando, en nada. Ya se sentía bastante mal con no saber la paternidad de su criatura. Lo último que necesitaba era que su amiga la recriminara su pequeña confusión—, tengo pensado hacerme la amniocentesis.

—La amnio… ¿Qué narices es eso?

—Verás, es muy sencillo —Gianna empezó a relatarle lo que era la amniocentesis, captando toda la atención de Lily, que ya era difícil—; la amniocentesis es un procedimiento en el que se extrae líquido amniótico del útero para llevar a cabo análisis o tratamientos. Escucha —Invitó a la amiga a inclinarse sobre la mesa para que le escuchara mejor. Hablaba en voz baja—, el líquido amniótico es el líquido que rodea y protege al bebé durante el embarazo. Este líquido contiene células fetales y diversas proteínas. La amniocentesis puede recolectar el ADN de mi bebé, que luego puede compararse con el de Blake o Hunter. Y así saber quién es el padre biológico.

—Uhm…, ¿y como coño piensas «recolectar» el ADN de estos dos? —preguntó tras escuchar la catedra que le había soltado su amiga sobre el proceso. Incorporándose de nuevo en el respaldo de la silla; cogiendo la taza y dándole otro trago largo a su brebaje.

—Ese es el problema, que no lo sé. Había pensado que tú fueras a Boston, sé que Robert va casi todos los fines de semana a visitar a Blake. Podrías acompañarlo esta vez.

—¿Robert sabe algo de esto? Aunque me imagino que no; porque si no ya me lo hubiera dicho.

—No, no lo sabe. No me atrevo a decírselo.

—Normal… —Puso los ojos en blanco y se terminó de un trago la taza de ron—. Y Chloe, ¿lo sabe?

—Hablando de Chloe…

—No, no, no me cambies de tema.

—No me lo cambies tú, tenemos que hablar de Chloe. Está hecha polvo, ¿tú las has visto?

—No, y no me interesa —dijo intentando aparentar que no le importaba—. Hablemos más bien de tu pequeño problemita y de cómo solucionarlo. Aunque a mí todo esto de la amniocentesis me parece una barbarie. Ni siquiera me has dicho cómo te van a sacar el líquido amniótico, ese, y haciéndome una idea… me parece algo terrible y peligroso para el bebé.

—La bebé. Es una niña. —Sonrió.

—Ay, mira. Una mini Gianna, qué peligro, si ya no teníamos suficiente con una, va esta y se reproduce. El apocalipsis, está cerca.

Agitó la taza como si aquello hiciera que el ron volviera.

—Me clavan una aguja en la barriga y sacan el líquido, pero tranquila, no va a pasarle nada malo ni a mí ni al bebé; me he informado bien.

Miró a Gianna con los ojos abiertos de espanto.

—Me sigue pareciendo una locura, Gigi, y ¿si esperamos a que nazca? ¿Cómo has dicho que la vas a llamar a la criatura?

—No lo he dicho, se va a llamar Bethany —dijo orgullosa.

—¡Bethany! como la muñeca que tú y Blake hacíais pasar por vuestra hija cuando éramos pequeños. Qué cursilería, Gigi, por favor, esa son las ganas de que la nena sea de tu primo.

—¡Lily! no es, eso.

—Sí lo es y lo sabes. A mí no me engañas.

Gianna miró a Lily dibujando una gran sonrisa.

—¡Ves!, si lo estas deseando. ¿Por qué no puedes esperar a que Bethany nazca? ¡Además! y aunque así fuera; ¿qué piensas decirles a tu padres, a tus tíos? os van a crucificar mínimo u os encierran en un manicomio por salidos mentales. Una cosa es divertirse y otra… esto. —Hizo aspavientos con los brazos señalando su barriga—. Estás como una puñetera cabra, Gianna Jonhson.

Gianna rio, tímida.

—Bueno, ¿qué?, ¿me vas a ayudar?

Lily lo pensó durante unos segundos que a Gianna le parecieron minutos eternos.

—Qué remedio. No vas a dejarme en paz.

—¡Bien! —Gianna aplaudió, bajito, de emoción.

—No te emociones tanto.

—Ahora, ¿podemos hablar de Chloe?

Lily puso los ojos en blanco y escupió:

—No vas a darte por vencida, ¿verdad?

—No, ¡Jo! Lily es que está hecha polvo y te echa muchísimo de menos, no para de escuchar esa canción que te gusta tanto, esa del grupo español ¿cómo se llama? —pensó la respuesta y Lily contestó:

—Mecano, ¿qué canción, sorpréndeme?

—¿Mujer contra mujer?, ¿se llama así?

—Sí, ridícula... —dijo con un nudo en la garganta. Esa era su canción favorita y se la había dedicado a Chloe el día que le confesó que estaba enamorada de ella.

—¿Estás bien? —preguntó Gianna viendo como a su amiga se le aguaban los ojos. Lily estaba muy pillada por Chloe y lo que les había hecho a sus amigos, por muy familia que fueran, y por mucho que lo hubiese hecho por su bien; para ella había sido la culpable de que todo esto ocurriera. Que Gianna se tuviese que casar con Hunter de forma precipitada y haber tenido que renunciar a sus sueños, a sus estudios y a estar con Blake, que sí, era una locura que llegasen a tener una relación. Pero se querían, que hubiese salido mal o bien ese era problema de los implicados, no de Chloe. Eso y verla comiéndose la boca con un tío en el pub, la destrozó.

—No. No te voy a mentir, yo también la echo de menos, pero lo que hizo…

Gianna interrumpió.

—Lo que hizo fue protegernos, aunque no tenía derecho a eso, lo sé, y me enfadé mucho con ella en su momento, pero es mi prima. Mi hermana.

Lily hizo un inciso.

—Y la hermana de Blake, también.

—Veo como cada día se deteriora y no me gusta.

Terminó su exposición ignorando por completo el comentario de Lily que había echado todo el peso de su cuerpo en el respaldo de la silla.

—¿Crees que yo no estoy echa una mierda o qué? ¡La amo! Gigi, ella es la mujer de mi vida, pero no puedo. Necesito que esté segura de lo nuestro; que me ame como yo la amo. Que deje sus miedos e inseguridades y me ame a mí, a Liliana Castro con todos y cada uno de mis defectos. Que son muchos, soy consciente de eso.

—Te entiendo, Lil, no creas que no lo hago, ¿por qué no hablas con ella? Y le dices como te sientes. Ahora que te echa tanto de menos y sufre por no tenerte en su vida, estoy segura de que ahora no tiene ni una duda, en serio, la he pillado llorando con una foto tuya a moco tendido en su habitación.

—No lo sé, Gigi, necesito tiempo.

Gianna extendió su brazo sobre la mesa buscando la mano de Lily, que estaba al borde del llanto, ella era demasiado mujer para dejarse llevar por los sentimientos, y mucho menos, por una niñata insegura. Lily era una mujer de armas tomar, nada la amilanaba, pero cuando se trataba de Chloe..., se desestabilizaba más de lo que ella quería.

Chloe apareció por la puerta y las buscó con la mirada. Gianna levantó el brazo para hacerle saber que estaban ahí, Lily se enderezó en la silla colocándose la gorra que llevaba puesta hacia atrás, tapándose los ojos, no había llorado, pero estaba al borde del precipicio de sus propios sentimientos. Chloe respondió al gesto de su prima indicándole que la esperaba fuera, ya era hora de irse.

—Me tengo que ir ¿Estás bien?, me refiero para conducir.

—Sí, no te preocupes. Son un par de manzanas a casa, ya sabes.

Las amigas se levantaron de la mesa y salieron.

Fuera les esperaba Chloe, que al ver a Lily se sonrojó y apartó la mirada. Gianna le dio dos besos y se despidió. Lily ignoró por completo a Chloe y se montó en el coche. Dentro del coche miró a través del retrovisor panorámico interior y se le escapó una lágrima, amaba a esa pequeña lianta.

Camino al centro comercial Chloe parecía inquieta, como si quisiera preguntar algo que no se atrevía, colocándose su precioso pelo rubio ceniza detrás de las orejas y se mordía sus hermosos labios gruesos y carnosos; aquellos labios con los que Lily soñaba cada noche.

—Habla —ordenó Gianna a su prima que ya se estaba comiendo los puños de su sudadera.

Chloe negó con la cabeza.

—Te echa de menos —dijo haciendo que a Chloe se le dibujara una tímida sonrisa. Haciendo a que se atreviera a hablar:

—¿Y por qué me ignora? Le he pedido perdón mil veces, ignora mis llamadas y mensajes.

—Cariño, ya sabes lo orgullosa que es Lily, dale tiempo.

—Sé que la cagué llamando a Hunter y chivándome, pero joder, si tú me has perdonado, ¿por qué ella no?

—Porque tal vez no es eso por lo que esta cabreada, ¿has llegado a pensarlo?

Chloe hizo una pausa y pensó mordiéndose la uña del dedo pulgar.

—¿Por qué entonces?, ¿por qué no estaba segura si quería estar con ella?

—No creo que sea eso.

—Porque me enrollé con aquel tío.

Gianna hizo una mueca.

—¿Tu qué crees?

—Es eso, joder, soy una imbécil —dijo cubriéndose la cabeza con la capucha de la sudadera.

—No eres imbécil, Chloe, solo estabas confundida y ya, pero ahora que sabes lo que sientes por ella, ¿por qué no haces un esfuerzo y se lo dices?

—Pero si ya se lo he dicho, hasta el cansancio y ni puñetero caso.

—No, cariño, pídele perdón por lo del tío y confiésale que la amas, aunque ya lo sepa, pero empieza disculpándote por eso.

—Tienes razón, lo haré. La amo, Gigi. Puede que tuviera dudas y puede que me atraigan aún los hombres, pero la amo a ella; es la única mujer que amo y amaré por el resto de mis días.

—Jodeeer, qué dramática, nena.

Ambas rieron y entraron en el centro comercial asegurándose de que Hunter aún no había llegado, y al no verlo entraron a hacer unas pequeñas compritas para Bethany. Cuando terminaron se sentaron a esperar fuera, en el lugar que les había indicado Hunter. El que, por cierto, llegaba tarde.

****

Hunter entró en la nave hecho una furia. Habían interrumpido su espionaje a Gianna. Un joven de su edad se acercó a él con los ojos aterrorizados.

—Tienes que ver esto, Hunt, tenemos un problema.

—¿Qué mierda es lo que está ocurriendo?

Enfilaron hacía una sala llena de cajas de madera iluminada con una tenue luz que apenas podía dejar ver bien.

—Hunter, menos mal que has venido, con eso que Blake está en la universidad no sabemos a quién recurrir y si alguno de los esbirros de Santos que están por aquí se entera de esto, nos matan.

—¿Qué es lo que pasa?

Cuando Hunt se adentró más en la sala lo supo, la mitad de la mercancía había desaparecido. Habían recibido más de cien cajas con fardos de cocaína en su interior y faltaban más de la mitad.

—¡Qué cojones!, ¿dónde están el resto de las cajas?

—Eso es lo que nos gustaría saber a nosotros. Jimmy y los chicos han ido a buscar quien ha podido ser el responsable de esto, lo que está claro es que ha sido alguien que conocía la ubicación de la nave.

—¡Me cago en la puta! Ahí había millones de dólares en merca, ¡joder! —exclamó varias veces dando un puñetazo a una de las cajas.

—¿Qué vamos a hacer, Hunt? Tu tío nos va a matar si se entera.

Hunt pensó un momento y preguntó:

—¿Es pura?

—Sí —respondió Jimmy bastante nervioso.

—Pues habrá que doblarla mezclándola con algo, yo qué sé, llama al Chapas y dile que use su inteligencia para algo más que para hacerse pajas.

—Sí, ahora mismo lo llamo ¿se lo decimos a Blake?

—¡Qué!, ¡no!, decírselo a Blake es decírselo directamente a mi tío, ¿estás loco? Ni se os ocurra. Ni una palabra a ese hijo de puta.

—Vale, lo que tu órdenes.

—Hacedlo rápido.

Tras dar la orden, salió de la nave en dirección al centro comercial a recoger a Gianna y a Chloe que estaban a punto de coger un taxi. Hunter se bajó del coche apurado por haber llegado tarde y ayudó a cargar las cosas que habían comprado en el maletero. Gianna y Chloe entraron en el coche mientras él acomodaba las cosas. Cuando subió al coche dio un tímido beso a su esposa en los labios y miró a Chloe que le devolvió la mirada a través del retrovisor, con una sonrisa. Gianna encendió la radio y los *Back street boys* sonó de fondo mientras Hunter intentaba disculparse por haber llegado tarde.

—Perdonar por la tardanza; me surgió un pequeño problema —dijo, y Gianna le miró poniendo los ojos en blanco. Ella sabía que Hunter trabajaba para su tío, Santos, el novio de su madre y sabía el tipo de negocio que regentaba.

—No te preocupes, ni nos hemos dado cuenta —dijo Chloe colocándose el cinturón.

Hunter miró a su esposa, a la que el semblante le había cambiado.

—¿Estás bien, cariño?

—Sí, perfectamente —dijo en un ademán de ocultar su malestar.

Hunter arrancó el coche y salieron del aparcamiento del centro comercial, parando en una gasolinera. Chloe se inclinó hacia su prima, que se había metido en sus pensamientos observando como su marido se dirigía al interior de la gasolinera. Sabía que algo malo estaba pasando. Lo conocía perfección.

—¿Crees que se ha dado cuenta? —preguntó a su prima—. ¡Chloe! —reclamó la atención de su prima.

—¿Qué? Dime, perdona.

—¿Qué si crees que se ha dado cuenta de nuestra escapada? Lo noto raro, no ha hablado en todo el trayecto. Cosa rara en él.

—No, no lo creo, está raro, sí, pero estoy segura de que no es por eso.

Hunter volvió al coche y lo puso en marcha poniéndose el cinturón. Su móvil no dejaba de vibrar. Ignoró las llamadas.

—Te está vibrando el móvil —anunció Gianna a su marido.

—Sí, ya. No es nada importante. Tranquila.

—¿Seguro?

Hunter se giró a mirarla.

—Seguro —dijo con una gran sonrisa, dándole un beso.

—Si tú lo dices ¿Podemos irnos ya? Estoy cansada.

Al llegar a la casa, Yanelis les estaba esperando bastante inquieta y molesta por la tardanza de los chicos.

—¿Dónde estabais metidos? Llevo toda la tarde esperándoos.

—Lo sentimos, mami —dijo Chloe dándole un beso a su madre en la mejilla.

Gianna oyó risas en el salón de invitados.

—Al parecer, la sorpresa ya está aquí —dijo Gianna dando el abrigo a una de las doncellas y dejando el bolso sobre la mesa del recibidor. Enfiló hacía el salón. Hunter la cogió de la cintura y susurró:

—No te asustes, pero ha desaparecido merca de la nave. No puedo quedarme mucho tiempo.

Gianna se detuvo en seco y miró a su esposo aterrorizada.

—¿Qué?, ¿cómo? Vale, vale. Saludo a mi padre y a mi tío y nos vamos.

—No lo sé, según Jimmy alguien que conoce la ubicación de la nave ha debido de ir y llevarse más de la mitad de la merca.

—¡Qué! —Gianna se llevó las manos a la boca y espetó:

—¿Lo sabe Blake? —enseguida contestó—. No, si lo supiera, ya estaría aquí.

—Les he dicho a los chicos que no digan nada, y por favor, no le digas nada a tía Katherine.

—¿A mi madre?, eso sería peor que si se lo decimos a Blake. Ni tu madre debe enterarse, si se entera algunos de los dos y se lo dicen a Santos… no quiero ni pensar qué es lo que puede ocurrir.

—¿Tenéis algún plan? ¿Por qué tenéis un plan?

—Sí, le he dicho a los chicos que llamen al Chapas para que, literalmente, haga un milagro.

—¡Dios! Espero que esto se solucione pronto.

—Eso espero yo.

—Pero bueno, ¿qué hacéis aquí?, pasad —interrumpió Yanelis que había salido a buscarlos. Les esperaban en el salón.

Al llegar al salón, Gianna vio a una mujer. La misma mujer que había ayudado a su tía a organizar su pequeña boda improvisada. Miró a su padre, que estaba de pie atendiendo una llamada, y después a tu tío Nick que servía un par de copas ofreciéndole una a la mujer y otra a Fátima que no tenía muy buena cara. Yanelis se acercó a su sobrina. Hunter se sentó en uno de los sillones.

—Gigi, cariño, ¿te acuerdas de Sophie?

Sophie se levantó.

—Sí, me acuerdo —Gianna se acercó y saludó—. ¿Qué tal, Sophie? No tuve oportunidad de agradecerte lo que hiciste con mi boda. Era una boda íntima sin invitados, pero te quedó hermosa. Gracias.

Sophie asintió y miró a Thomas que colgó la llamada y se acercó a su hija dándole un beso y pidiéndole que se sentara. A Gianna le llamó la atención la actitud de su padre y juraría que le había visto cierto destello en los ojos.

—Hola, cariño, te estábamos esperando — anunció.

—¿A mí? —preguntó extrañada, acomodándose un cojín detrás de la espalda. Su embarazo no era tan avanzado, tenía cuatro meses, pero ya se le notaba bastante—. ¿No sé por qué? — preguntó haciéndose una idea de lo que allí estaba sucediendo. Sophie miraba a su padre con demasiada confianza y él a ella con los únicos ojos que se puede mirar a una mujer de la cual se está enamorado. Esa mirada con la que había mirado a su madre tiempo atrás cuando estos no andaban como el perro y el gato discutiendo las veinticuatro horas del día, que dicho así suena exagerado, pero era así. La relación de los padres de Gianna se fue al traste el mismo día que Santos salió de la cárcel.

—Sí, verás, cielo —Thomas se puso frente a Gianna y se puso en cuclillas para mirarle a la cara decirle lo que le iba a soltar en breve. Quería estar a su altura y mirarle fijamente a los ojos—, Sophie y yo… —titubeó —estamos saliendo —dijo sin más; esperando a que Gianna reaccionara.

Todos esperaban su reacción, sabían que ha Gianna no le haría mucha gracia que su padre rehiciera su vida con otra mujer que no fuera su madre. Aunque Katherine ya le había advertido que eso pasaría y que dejara de hacerse ilusiones de que volvieran, eso no iba a suceder. Y bien, aquello estaba ocurriendo, Gianna no sabía cómo debía actuar; estaba enfadada, pero no quería que Sophie se sintiera molesta. La sangre corría por sus venas, caliente; se puso roja con el esfuerzo de fingir una sonrisa a su padre, la rabia se proyectaba en sus ojos; incapaz de decir una sola palabra, permaneció en silencio oyendo sus propios latidos y sintiendo cómo la sangre circulaba ardiendo por sus venas. Y poco a poco dibujó una sonrisa, falsa.

—Me alegro mucho por ti, papá. —Sonrió y le enmarcó la cara a su padre con sus manos dándole un beso en la frente.

—Menos mal… —masculló Yanelis llevándose una mano al pecho y suspirando satisfecha. Fátima no parecía tan contenta, pidió permiso y salió del salón con la excusa de ir a supervisar el pavo.

—Gracias, ardillita.

—No me llames así, papá, que ya soy mayor para esas cosas.

—Ay, sí, perdona. Casi se me olvida que ya vas a ser mamá —dijo emocionado.

—Bueno, y qué… ¿qué os han dicho en el ginecólogo?, ¿está todo bien con el bebé? —Interrumpió Yanelis.

—Con la bebé —intervino Chloe a la que su prima le echó una mirada de reproche; quería decir ella el sexo del bebé y la fulminó con la mirada—, es una niña.

—¡Una niña! —exclamó Yanelis juntando las dos manos de alegría.

—Enhorabuena —felicitó Sophie, que Gianna, dando la espalda a su padre, la miró con la única cara que le podía mirar. Con cara de perra.

Gianna no quería que su padre rehiciera su vida con otra mujer que no fuera su madre. Y con esa mirada que le acababa de echar a la pobre mujer, le estaba declarando la guerra. Sophie omitió ese detalle y fingió una sonrisa.

—Gracias, Sophie.

—La cena ya está lista —informó Fátima con la voz temblorosa.

Todos se levantaron y fueron al comedor. Robert, que llegaba tarde, se disculpó con los presentes y saludó a Sophie como si la conociera y sí, la conocía; porque él había ayudado a su madre con la organización de la boda de Gianna.

Una de las doncellas vino con el teléfono y anunció:

—Es el señorito Blake.

La doncella se acercó a Yanelis y le entregó el teléfono.

—Blake, hijo, quiero que sepas que estoy muy enfadada contigo. ¡Es Acción de gracias! Deberías estar aquí con tu familia ¡Hasta Rhein, que estudia el misma universidad que tú, ha venido a estar con su familia!, no entiendo…

Interrumpió Blake.

—Mamáááá, perdón, pero tengo que hacer un trabajo de clase y voy atrasado.

Robert se acercó a su madre exigiéndole el teléfono. Gianna se puso nerviosa y empezó a mover la pierna bajo la mesa, frenética, bajo la mirada de su marido, asqueado por ver el estado que causaba Blake a su esposa.

—Y ¿no podías hacer ese trabajo aquí? —dijo apartando a Rob que empezaba a ser molesto.

—No, mamáááá. Es en grupo y todos mis compañeros son de aquí.

—Y ¿esos compañeros no tienen familias? Ay, hijo, me suena a excusa —se dirigió a Rob—. ¡Estate quieto, pesado!, ahora te lo paso.

—Ya, ya, ya —insistió Rob.

—No me lo creo, hijo, son excusas, te paso a tu hermano que está muy cansino.

Rob cogió el teléfono que casi se le cae.

—¡Blake! ¡Blake! No sabes no sabes…

—¿Qué pasa? —preguntó a su hermano. Rob salió de la sala seguido por Chloe.

Al cabo de un rato volvieron. Gianna miró a Robert que la ignoró y después a Chloe que le dedicó una mirada de compasión.

La cena fue amena y divertida por las anécdotas que contaba Nick de los niños a Sophie. Ella se lamentaba porque no había podido tener hijos. No tenía familia y agradecía la invitación de pasar ese Acción de gracias con ellos.

Lily llegó con sus padres. Ellos solo venían para el brindis.

Lily apartó a Rob a su habitación.

—¿Qué pasa, Lil? —preguntó por la agobio de su amiga.

—Tenemos un problema, y grave.

—¿Qué dices, lesbiana desquiciada? A ver. Sorpréndeme, cuenta. —pidió mientras se acomodaba en el sillón de su habitación.

Lily se preparó para soltar la bomba, daba vueltas por la habitación.

—Joder, es que no tengo que ser yo quien te lo cuente, tiene que ser Gigi.

—¿Gigi? —Se incorporó.

—Sí, joder…vale, está bien, te lo cuento.

Hizo una pausa.

—¿Qué pasa, Lily? me estás poniendo de los nervios. Puedes dejar de dar vueltas por la habitación, me estás mareando.

Entró Gianna.

—¿Se lo has dicho ya?

—Decirme ¿el qué?, ¿qué coño os pasa?, ¿es algo que tenga que ver con Jordan? Espero que no, y si lo es, que sea bueno; porque no estamos pasando por nuestro mejor momento ¡Vamos, putas conspiradoras! Contadme ya lo que está pasando o a mí, como dice Liz, me va a dar un choque anafiláctico de histeria contenida, que para qué os cuento.

—¿Quién es, Liz? ¿La conozco? —preguntó Gianna.

—No, pero da igual, contadme ya, que me da, ¡eh!

Entró Chloe.

—¿Qué pasa?

Todos se miraron.

—Nada, estas, que se han propuesto matarme de un infarto.

—Bueno da igual, lo digo. Rob... —Se armó de valor y cogió aire.

—¿Sí...? —dijo Robert prestando atención e impaciente.

—Buf, no. No puedo, hazlo tú. —Empujó a Lily hacia Rob.

—No, ni de coña. Es tu problema, no el mío.

—¿Qué problema, Gigi? ¿qué has hecho ahora? No si es que al final me va a dar ¡me da! —Se abanicó con la mano.

—¡Ejem! Verás, hermanito.

—Hermanito ¡mis pelotas! déjate de ejems, y suéltalo, ya.

—No sé si el padre de mi bebé...No sé si es de Hunter o de Blake.

—¿¡Quééé?! ¿Qué estás diciendo, insensata?, ¿tú te has vuelto loca? o ¿qué cojones te pasa? y lo vienes a dudar ahora, la madre que te parió, ay dios..., qué mareo. Si es que contigo uno no gana para disgusto. Así está mi tío. La madre que te parió.

—A ver, Rob, cálmate —dijo Chloe—, siéntate y déjala que se explique.

Rob fulminó a Chloe con la mirada. Se sentó al borde de la cama ayudado por su hermana. Estaba mareado.

—Ay dios mío. esto es para volverse loco, pero cabrona…, tonta del bote, ¿cómo no vas a saber quién es el padre de la criatura?

Se oyeron pasos en el pasillo y Lily salió a mirar.

—Tu encarcelador, Gigi, que ya viene a buscarte.

—Cálmate un poquito conmigo, Lil, que no te he hecho nada.

—Vete a la mierda, si quieres te preparo un bocadillito para el camino ¡digo! por si te entra el hambre en el viaje al infierno.

Hunter entró en la habitación apartando a Lily de un empujón.

—Tenemos que irnos —anunció.

—Sí, ahora me voy, dame unos minutos con mi primo y enseguida bajo.

—No, ahora —ordenó y Gianna obedeció despidiéndose de todos.

—Qué fuerte, Gigi, que te dejes mangonear por este individuo.

Lo miró de arriba abajo con asco.

Cuando Gianna se fue, Lily cogió las riendas de lo que le habían contado a Rob que estaba en shock.

Lily se agachó frente a él.

—Pero esta ¿tiene cerebro, o lo tiene pintado? Porque no me lo explico ¿Cómo no va a saber quién es el padre? Madre mía, como sea de Blake.

—Pues es de él y punto. Ya se verá que pasa —dijo Chloe dejándolos atónitos.

—Chloe tiene razón, Rob, Cálmate. Tenemos un plan.

—¿Qué tenéis un plan? Pero seréis…

Lily relató el plan de pies a cabeza sin dejarse un detalle de este. Rob estaba dispuesto a ayudarlas, molesto y enojado, pero dispuesto. Lily se quedó con ellos a dormir esa noche y a las cuatro de la madrugada estaban rumbo a Boston. Podían haber cogido un avión y tardarían ¿qué? cuarenta y cinco minutos, incluso podían haber ido en tren, pero a Rob le gustaba conducir. Así que cogieron el coche.

2

—Perdona, tenía que llamar a casa —se excusó con Lizbeth, aunque Yanelis no se lo creía, tenía que hacer un trabajo de clase, eso sí era cierto. El grupo con el que le había tocado no era más que con Lizbeth y Ashley. Grupo que eligió él, por supuesto.

—No pasa nada, ya hemos terminado.

—¿Ya? —Se sorprendió Ashley —¡Mejor! Stacy ya nos estará esperando para la cena, a la cual llegamos tarde.

Lizbeth miró a Blake con carita de pena, mientras recogía las cosas y las guardaba en la mochila y miró a Ashley.

—No, no —susurró procurando que Blake no la oyera. A Lizbeth le daba pena que pasara el día de acción de gracias solo.

Ignoró a su amiga.

—¿Por qué no vienes a cenar con nosotros?

Blake se giró sonriendo a Lizbeth.

—No, gracias. No quiero estorbar —dijo.

—Uy, este…, ¿qué vas a estorbar tú? Anda, no digas tonterías y vámonos.

Lizbeth le dio un codazo a la amiga para que hablara.

—No estorbas. Venga, vamos, así tenemos una excusa para salir luego.

—¡Eso! Luego nos vamos de fiesta, que te hace muuuchaaa falta —dijo Lizbeth acercándose a Blake y dándole un abrazo.

Él no dejaba de pensar en Gianna. Tenía el apoyo incondicional de Liz, que se había convertido en su paño de lágrimas, y en su nueva mejor amiga, pero no conseguía sacarse a Gianna del pensamiento.

—No sé, Liz, ahora mismo no soy buena compañía.

—¡Anda que no! Eso deja que lo decida yo, ¿vale?

—Después no digas que no te lo advertí.

—Voy a llamar a Stacy para decirle que ponga un cubierto más.

Ashley se alejó a llamar y Lizbeth acompañó a Blake a su habitación a cambiarse de ropa.

—¿No te importa, verdad? —dijo saltando en la cama de Blake—. Tengo novio, así que, no soy ningún peligro.

—No, para nada, lo único que… ¿quién te ha dicho que yo no soy ningún peligro?

Lizbeth dio una risotada y se recostó en la cama.

—No lo eres, porque estás coladito por tu prima y no tienes ojos para otra mujer, aunque suene raro, extraño y vomitivo.

—¿Vomitivo? —preguntó Blake quitándose la camiseta regalando a Lizbeth la imagen de un cuerpo bien esculpido con unos abdominales que quitaban el sentido, unos brazos fuertes y musculados, nada exagerados, con un montón de tatuajes, rayando en la perfección.

—Sí, vomitivo. —Se puso de rodillas—. ¿A quién se le ocurre enamorase de su prima? Oye, que yo no soy nadie para criticar ni nada por el estilo. ¡Pues no está bueno mi primo Devon! está de bueno que se me olvida que somos primos, pero de fantasear a llevarlo a la acción no sé yo…, no tengo ovarios para salir de mis fantasías —susurró—, porque yo me masturbo pensando en mi primo Devon —informó y se tapó la boca volviéndose a tirar sobre la cama.

Blake sonrió y se sentó en la cama a ponerse los calcetines y los zapatos.

—Ya, bueno… se no fue de las manos.

—¿De las manos solo? Os pasasteis tres pueblos. Menos mal que no llegó a más —Suspiró.

—Ya —dijo girándose a mirar a Lizbeth que acostada en su cama, le miró y sus miradas se chocaron. Hubo un momento en que una tensión eléctrica invadió la habitación haciendo que Lizbeth se sintiera incómoda y se levantara de la cama.

—Bueno, pues nos vamos.

Cogió a Blake del brazo y lo arrastró. Cuando se reunieron con Ashley esta estaba haciendo planes con Jack para después de la cena.

—Bueno, ¿no sé, cariño? ya vemos cómo va la noche —miró y preguntó a Blake—. ¿Vamos en tu coche? —preguntó.

—Sí —contestó y Ashley volvió a hablar con su novio.

—Vamos en el coche de Blake. Nos encontramos allí, ¿vale? Te quieroooo.

Lizbeth negó con la cabeza y susurró a Blake:

—Van a follar, fijo.

Blake soltó una carcajada.

Stacy le recibió como a un marqués y Liam lo mismo. Blake era hijo de uno de sus futuros socios, estaban más que encantados de recibirlo en su casa.

Pasaron una velada estupenda. A las dos horas pidieron permiso para salir y el padre de Ashley aceptó encantado, sabiendo que Blake iba con ellos.

Ellas subieron a cambiarse.

—Ves, tampoco fue tan mala idea traer a Blake —dijo Lizbeth poniéndose unos vaqueros con los que se estaba peleando, dando brinquitos para que la prenda encajara en su hermoso trasero.

—Pues no.

—¿Por qué no te cae bien? Si es un cielo.

—Cariño, nadie que se enamore de su prima está bien de la azotea.

—Anda esta… no sabía yo que fueses tan anticuada.

—No es por ser anticuada, pero, tía, ¿tu prima…?

—Ya, bueno… el amor es así de caprichoso. A mí me parece adorable.

—Ahora, que si yo tengo un primo como él, que las cosas hay que reconocerlas, haría exactamente lo mismo que ella. Me abro de piernas sin pensármelo dos veces porque Blake esta muyyy bueno —comentó Ashley pasándole el labial.

Lizbeth dio una risotada.

—Sí, es verdad, tiene unos brazos y unos abdominales que hacen suspirar hasta a una monja —dijo abrochándose por fin la cremallera del pantalón y enfiló a buscar un top.

—Yo ya estoy lista —Anunció Ashley.

—Yo también, nos vamos de fiesta —canturreó.

Se encontraron con Jack en la puerta del pub. Entraron con Lizbeth arrastrando a Blake hasta el interior. Tenía muy pocas ganas de fiesta, ya lo había advertido con anterioridad.

Jack y Ashley desaparecieron. Blake y Liz se instalaron en la barra.

—Dos chupitos de Jägermeister y dos cervezas —Pidió al camarero.

—No, Liz, que tengo que conducir.

—Pedimos un taxi… va, Blake, relájate.

Blake la miró y se dejó llevar por ese arroyo de energía.

—Me das miedo —sentenció.

—¿Yo? Que yo le doy miedo a Blake Jonhson, eso sí que es fuerte.

—En serio, tú y Lily os llevaríais de perlas.

—¿Quién es Lily? —preguntó cogiendo los chupitos y dándole el suyo a Blake.

—Es mi mejor amiga.

—Ah, no. Lo siento mucho por ella, pero eso se acabó. Al menos aquí en Boston tu mejor amiga soy yo. Vamos, trágate eso. A la de tres, los dos a la vez. Uno, dos, tres pa´ dentro.

Y así uno tras de otro, la noche fluyó entre bailes, chupitos, cervezas. Blake se cansó de estar en la discoteca y hacía más de una hora que Ashley había desaparecido con Jack.

Decidieron ir a dar una vuelta y despejarse. Necesitaban aire. Caminaron en dirección al apartamento de Blake. Al llegar al apartamento, Liz envió un SMS a Ashley.

"Cuando termines de follar estoy en casa de Blake"

No recibió respuesta.

—¿Estás bien? —preguntó Blake poniendo un poco de música.

—Estupenda. —Se paró a oír la música que Blake estaba poniendo—. ¿Eso es bachata?

—Sí, ¿te gusta? Si no te gusta, la quito.

—Ni se te ocurra. —Lo señaló amenazante lanzándose a bailar con él—. ¡Me encanta! ¡Y la salsa y el merengue!, mi yaya me enseñó a bailar. Ella es profesora de baile latino.

—No me digas. Y como buena cubana tiene que saber bailar muy bien; me comentaste que tu familia era de origen cubano.

—Sí, que por cierto, en Nueva York tiene que haber una comunidad entera porque la familia de Rhein también, aunque eso tu ya lo sabes.

—Sí —le dijo dándole una vuelta—. ¿Te gusta mucho Rhein, verdad?

—¡Lo amo! Es el amor de mi vida —exclamó.

Blake se sentó en el sofá sirviendo dos copas de licor.

—Me alegro mucho por él. No es para nada un ligón. Por eso me extrañó que tuviera novia.

—Sí, ¿o qué?, ¿es muy tímido?

—Bueno, tu sabrás más que yo en ese campo, eres su novia; pero sí, es tímido. Eso y que no sale de la biblioteca.

Lizbeth sonrió.

—Es como yo. A mí también me encantan los libros, leer, viajar con la imaginación, ¡es maravilloso!

—Será. Yo prefiero escuchar música y estudiar. Los únicos libros que me interesan son de política y finanzas, un aburrido es lo que soy.

—Aburrido, nada. Que me lo he pasado bomba contigo, y no sabía que bailabas tan bien.

—Bueno… me defiendo.

—¡Qué dices! si bailas que te cagas.

—Ya, eso gracias a Gigi, que me empujó, literalmente, a la academia de baile cuando éramos pequeños

—Gigi es Gianna, ¿no?

—Ajá, la llamamos así desde pequeña.

—Uhm, interesante. La quieres mucho, ¿verdad?

Lizbeth cayó en que eso solo removería sus sentimientos.

—Perdona, no quería hablarte de ella —dijo consciente de que a Blake aun le dolía hablar del tema.

—No pasa nada, en algún momento lo tendré que superar. Tengo asumido que esa relación estaba condenada al fracaso desde el principio.

—Ya, es verdad… pero bueno, dejemos de hablar de esas cosas tristes.

—Pues sí.

Blake hizo una pausa y clavó sus preciosos ojos azules en Lizbeth.

—Rhein tiene mucha suerte.

Lizbeth se sonrojó.

—No sabría qué decirte.

—En serio, Liz, ojalá yo no hubiera metido la pata con Gigi y tú no fueses la novia de Rhein. Puedes estar segura, ya te hubiera pedido que fueras mi novia, me siento muy a gusto contigo.

Liz se sonrojó y sonrió.

—No sé yo, eh, a mí es que los tíos buenos no me van. Son un dolor de cabeza y yo, soy muy celosa —rio.

Y otra vez sus miradas se chocaron creando un silencio que empezaba a incomodar a Lizbeth poniéndola nerviosa. No dejaban de mirarse. Blake se acomodó en el sofá sin dejar de mirarla, estaban demasiado cerca. Liz era incapaz de alejarse. No quería parecer maleducada.

—Eres preciosa, ¿lo sabes?

—Gracias, pero…

No le dio tiempo.

Blake se inclinó sobre ella y la besó delicadamente, mordiéndole el labio inferior y dándole pequeños picos suaves y mimosos. Lizbeth fue incapaz de reaccionar, el perfume de Blake la embriagó y abrió ligeramente la boca dando permiso a su lengua cálida y húmeda a entrar en su boca. Él introdujo, aceptó la invitación y agarró el cuello de Lizbeth enterrando sus dedos en su sedoso pelo ondulado, fundiéndose en un ardiente beso.

La recostó sobre el sofá y se puso encima de ella. Lizbeth lo abrazó por el cuello disfrutando del beso. Blake metió las manos bajo su trasero y la elevó pegándosela a él para que pudiese notar la fuerza de su miembro amenazando con escapar de su pantalón.

Liz abrió las piernas para que Blake pudiese encajarse bien en ella y él le desabrochó el pantalón tirando de él con cierta facilidad. Introdujo sus dedos pulgares en la fina gomilla del tanga y se lo quitó. Observó la vagina de Lizbeth que se quitaba el top y se desabrochaba el sujetador liberando sus pequeños, pero preciosos, pechos. Blake se humedeció los labios y bajó su cabeza. Con un dedo pulgar acarició con cuidado el botón de placer de Lizbeth que le regaló un tímido gemido y él llevó su boca hacia su sexo. Lo lamió quitándose los pantalones y dejando libre su pene que Liz, inclinándose, agarró y acarició haciendo que Blake suspirara al cálido tacto de su mano.

Cogió uno de sus pechos y pasó su lengua alrededor del pezón, mientras le introducía un dedo.

Liz jadeó impaciente.

Blake susurró:

—Vamos a la cama… —Ella no se negó, estaba muy excitada, el alcohol viajaba por su riego sanguíneo haciendo que a Lizbeth se le olvidara que tenía novio y haciendo que su conciencia desapareciera, asintió y se dejó llevar en brazos a la habitación.

La dejó sobre la cama y buscó un preservativo en su mesita de noche. Cogió uno, lo rasgó con los dientes y se lo puso. Lizbeth lo observaba mientras se tocaba, el espectáculo del cuerpo de Blake era digno de exponerlo en un museo. No solo por su cuerpo atlético, también por los tatuajes que decoraban su cuerpo haciéndolo ver aún más hermoso.

Se puso encima de ella quitándole la mano. Ella lo cogió por los brazos acariciando la perfección de sus brazos y Blake la empaló de una sola estocada. Entraba y salía de ella a su antojo, suave y delicado, sintiéndola, mirándola a los ojos disfrutando de la cara de placer de Lizbeth que jadeaba inundando con su sonido la habitación. Haciendo que él se excitara más de lo que ya estaba.

—Que buena estás, cielo —le dijo susurrante, ella abrió los ojos y se ahogó en sus profundos ojos azules enrojecidos de deseo que por un momento le recordaron a Rhein, pero ya era demasiado tarde para remordimientos y echarse atrás, ya estaba engullida en los brazos de Blake.

Él no la estaba follando, le estaba haciendo el amor, suave y delicado, con pasión y deseo. Le había deseado desde el primer día que sus miradas chocaron en aquel bar donde Rhein se la había presentado. Borrando de él cualquier rastro de Gianna. Si había alguna mujer capaz de hacerle olvidar, esa mujer… era Lizbeth.

Ella era incapaz de hablar, estaba completamente entregada al deseo. Clavó sus uñas en la espalda de él y con su cuerpo exigía a Blake se introdujera más en ella, el orgasmo estaba, saludaba a su cuerpo sudoroso que pedía que la envistiera con fuerza y él obedeció al reclamo embistiéndola con fiereza hasta que Lizbeth dio un grito ahogado cuando el orgasmo azotó su cuerpo, haciendo que se sintiera mareada.

Las contracciones de su vagina hicieron que Blake también se corriera y quedara encima de ella exhausto y con la piel erizada. La acarició y besó cada rincón de su piel.

Lizbeth pasó la noche allí. Ashley le había pedido que, por favor, la cubriera, que la cosa iba para largo y que se encontrarían ahí a primera hora de la mañana, se lo juró. Lizbeth, a regañadientes, aceptó. Estaba a gusto, pero con todo el peso de su conciencia aplastándola por haberse acostado con Blake y haber puesto los cuernos a Rhein, —extraña contradicción—. Se maldijo. Amaba a Rhein por encima de todo, era el típico hombre con la que una mujer soñaría con casarse —toda mujer como

Lizbeth, el otro tipo de mujer soñaría con casarse con Blake—, detallista, amoroso, culto y que leía a Charles Baudelaire, eso era un requisito indispensable para ella. El nuero perfecto que querrían su padre y su yayo.

A las ocho de la mañana los dos estaban en pie. Fueron a la cocina a por algo de desayunar. Lizbeth abrió la nevera y miró a Blake que bebía un vaso de agua, enarcando una ceja.

—¿En serio, Blake? —Señaló la nevera completamente vacía, solo con un par de naranjas y media papaya—. ¿Pero tú de qué te alimentas?

Blake sonrió y dejó el vaso sobre la isla de la elegante y moderna cocina. Se acercó a Lizbeth queriéndola abrazar y ella, elegantemente y sin que se notara, se apartó y dijo:

—Bueno, por lo menos hay para un zumo. Pásame el exprimidor y la licuadora anda…

Blake obedeció.

—¿Tienes miel? —preguntó mientras partía las naranjas en dos.

Blake se acercó a la despensa y volvió con un tarro de miel y una caja de cereales. Lizbeth miró la caja de cereales y espetó:

—Cereales sin leche ¿en serio?

—Tienes razón, bajaré al súper a por leche. —Se quedó mirando como cortaba la papaya y la licuaba—. ¿Te gusta el zumo de papaya? —preguntó.

—Me encanta, esto con naranjas y un poquito de miel ¡delicioso! Y muy multivitamínico, no puedo salir a la calle sin beberme un buen vaso de zumo. El café puede pasar, pero el zumo ¡jamás! —exclamaron al unísono—. ¿A ti también te gusta?

—Me chifla.

Blake se vistió para ir al súper. El telefonillo sonó, el portero avisó sin decir quién era.

—Una sorpresa— dijo.

Blake sabía que era Rob, se lo había dicho anoche antes de que Lily le hubiese contado el pequeño dilema de su prima. Ya tenía pensado pasar ese fin de semana con su hermano.

El timbre sonó y fue a abrir.

—¡Sorpresa! —gritó una voz femenina. Lizbeth temió que fuese Gianna. No quería verla, ya bastante mal se sentía con haber puesto los cuernos a Rhein como para ver al amor imposible del culpable de su traición.

Lily apareció en la cocina con una par de bolsas. Y se quedó parada mirando a Lizbeth y ella también.

—Hola… —dijo tímidamente.

Lily gritó.

—¡Blake, hay una tía buena en tu cocina!

Él se acercó y le dio un beso en la mejilla.

—Ella es Lizbeth. Liz, te presento a Lily.

—¿Esta maciza es Lizbeth? —preguntó sorprendida señalándola.

—¡Sorpresa! —respondió Lizbeth.

—Te juro por dios que pensé que eras un adefesio. Porque le dije mil veces a Blake que…

—Que te calles, Lily —interrumpió—, ella es la novia de Rhein. Es un poco bocazas, no le hagas caso, nos estamos planteando encerrarla en un manicomio en Canadá.

Lily puso los ojos en blanco.

—Cállate, Blake, no podrías vivir sin mí y lo sabes, gañán… —Miró a Lizbeth y comentó—: Perdona, no es mi intención ofender a tu novio, Dios sabe que adoro a esa ratoncillo de biblioteca, pero, chica, no sé… te imaginaba de otra manera.

—¿Ah, sí?, ¿y cómo?

—Ni puñetero caso, Liz.

Rob se acercó a ella y le dio un cariñoso beso dejando un montón de bolsas de comida sobre la mesa.

—¿Te has quedado a dormir? —preguntó Robert viendo que Lizbeth llevaba puesta la camiseta del instituto de Blake.

—Sí, y no preguntes —dijo Liz a Robert con el que se llevaba muy bien. Este le había dado el roll de vigilante y doncella de compañía de Blake por si volvía hacer una locura como en los Hamptons.

Rob abrió los ojos, no hacía falta que contestara ni que preguntase. Era evidente. Él sabía que a Blake Lizbeth no le era indiferente y que algún día de estos le echaría el guante. Se lo había dicho en la última visita. Le había confesado que se sentía muy atraído por ella y que le había devuelto las ganas de vivir. Lizbeth le llenaba.

Negó con la cabeza.

—Luego hablamos —susurró y Lizbeth asintió.

Blake se acercó a Chloe que permanecía tímida en segundo plano. Como si sintiese que estorbaba.

—¿Qué haces ahí parada, enana?

Chloe se lanzó a los brazos de su hermano, echa un mar de lágrimas. Blake la recibió en sus brazos y la besó en la frente apretándola contra él.

—Ya está, ya pasó. Perdóname por haber sido un auténtico imbécil. Estaba enfadado, pero eres mi hermana y hagas lo que hagas no te puedo devolver, así que ni modo.

—Tonto... —musitó en su pecho—. Lo siento, perdóname, perdón, perdón —dijo sin dejar de abrazarle.

Blake la apartó unos centímetros y enmarcó sus cara con sus manos. Cara que lo miró con ternura y llena de lágrimas.

—Ya, enana, la cagaste, pero ya pasó, ¿ok?, te quiero, te amo, mi niña. —Suspiró llevándosela de nuevo al pecho y besándole la cabeza mientras intentaba calmarla con todo el amor que le procesaba a su hermana—. Ven, quiero presentarte a alguien.

Enfilaron a la cocina que estaba llena de risas por los cometarios y pavonadas de Lizbeth que estaban haciendo que Lily se doblara de la risa.

—No, en serio. Tú imagínate tan feliz, comiéndote un helado y, de repente, va y viene una puta ardilla y te coge el helado, o sea ¡maravilloso!

—¿Y qué hiciste? —preguntó Lily doblada de la risa, Liz le contaba una pequeña anécdota con una ardilla en el parque donde salía a pasear con Rhein.

—¿Yo? Nada. Rhein salió corriendo detrás de la ardilla y yo detrás de él diciéndole que parara muerta de la risa.

A Blake le molestó que hablara de Rhein después de la noche tan pasional que habían pasado.

—Liz —reclamó su atención—. Ella es mi hermana Chloe.

Chloe se acercó tímida a Lizbeth que la recibió con un gran abrazo.

—Encantada de conocerte, me han hablado mucho de ti —dijo tímida rascándose un brazo.

—Espero que bien —espetó Liz.

—Sí, sí.

Rob interrumpió.

—¿Habéis desayunado ya? Toma, Blake, nana te envía tu dichoso zumo.

—Por eso no te preocupes, métalo en la nevera, Liz está haciendo uno.

Rob miró a Liz con la botella de zumo en la mano:

—Que no se entere nana que le estás preparando zumo a Blake porque entras directamente a su lista de enemigas potenciales. Nadie, pero nadie, conoce el secreto de ese brebaje, excepto la misma nana. —Puso misterio en su voz.

—Bueno, ahora vuestra nana, mi yaya y yo, así que... —Encogió los hombros y todos rieron. Colocaron la compra que le habían traído a Blake.

—No me extraña que tengas la nevera vacía —comentó Lizbeth—, si te traen hasta el zumo de Nueva York. Para que molestarte en ir al supermercado.

Blake se acercó y pillando desprevenida a Lizbeth la besó en el cuello diciendo:

—Bueno, ahora sé que quien me lo va a preparar, o en su defecto, donde ir a tomarlo.

Lily abrió los ojos y la boca al mismo tiempo, sorprendida por lo que acababa de ver echándose las manos a la cabeza y miró a Chloe que tenía la misma cara.

En ese preciso instante sonó el timbre, era Ashley que, por fin, llegaba.

—Buenos días —entró sorprendida por toda la gente que había ahí. Blake la presentó a Robert no hacía falta, ya la conocía. Ashley se acercó a Robert después de saludar a todos y le dio un beso deleitándose por el desayuno que se había puesto a preparar.

—¿Tú dónde estabas metida?, dijiste que a primera hora y son casi las diez.

—Tranqui, doña responsabilidad, es mi ley, ya he llamado a Stacy y le he dicho que estamos aquí que habíamos bebido y bla, bla, bla… —dijo cogiendo una manzana—, ¿y esa cara? —preguntó.

—¿Qué cara?

—Esa —señaló—, de bien follá.

Lizbeth se ruborizó.

—Qué cosas tienes, he dormido bien y ya, no saques conclusiones precipitadas que nos conocemos.

—Si ya… —Le dio un mordisco a la manzana y se colocó al lado de Robert en los fogones viendo como cocinaba.

Lily y Chloe prepararon la mesa para desayunar. Todos se sentaron cuando el desayuno estuvo listo. Blake se sentó con Liz, lo bastante cerca como para meterle mano por debajo de la mesa. Lily no dejaba de mirar a Ashley y hablar con ella dando de lado a Chloe que empezaba a sentirse molesta. Cuando terminaron de desayunar, Rob obligó a Lily a acompañarle a la cocina.

—Abortamos misión —dijo Rob arrastrando a Lily y en voz bajita.

—¿Qué?, ¿por qué? —miró a Rob con el ceño fruncido, pero entendió—. Wow, wow, vale, entiendo… Liz.

—Sí, ¿le has visto?, y se han acostado.

Lily se echó las manos a la boca haciéndose la sorprendida.

—¿No me digas? No me había dado cuenta. Pero tanto como abortar la misión, no sé.

—Lizbeth le importa, lo sé, me lo dijo. Si ahora vamos y hacemos lo que hemos venido hacer, ¿qué? Empezamos a cavar su tumba, no sé, ¿tú que dices? Yo no sé coger una pala ¿y tú?

—Uhm, me apaño —dijo—, deja de decir tonterías, Robert, tu hermano tiene que saber que Gigi duda de la paternidad de su hijo, así nos ahorramos el andarnos con misterios. Y le pedimos la muestra y que nos la dé de forma voluntaria.

—Rob, tiene razón —irrumpió Chloe en la cocina.

—¿No sé? y si resulta que el bebé es de Blake y no de Hunter, ¿vamos a cargar con eso toda la vida? Esta será buena para mentir y ocultar cosas —dijo Lily refiriéndose a Chloe—, pero yo no valgo para eso. Por alguna razón voy a ser policía. La justicia siempre ¡lo primero! Me parece injusto que, si es hijo de él, se lo ocultemos.

—Ay, mirarme a esta, poniéndose digna cuando fue la primera en alentar a Gigi a que se follara a su propio primero —dijo con sorna—. Y ¿si no lo es... lo ilusionamos y tenemos otra como en los Hamptons? —convino Rob.

—No, Rob, seguimos adelante; si sale positivo ya vemos qué pasa, además, no creo que Lizbeth deje a Rhein por Blake, lo siento por él, pero se ve que esta pillada por su novio.

—¿De verdad tú crees que Rhein es competencia para Blake?, háblame de Hunter o de cualquier otro, pero ¿Rhein? —habló Chloe.

Blake, que conocía bien a su gente, se ausentó de la mesa y se fue a la cocina interrumpiendo el *petit comité*, que se había formado en ella.

—¿Qué tramáis?

—¿Qué?, que…, no, nada. Qué cosas tienes, que qué tramamos, dice.

—Os conozco y cuando estáis los tres hablando es por algo, o estáis despellejando a alguien o planeando algo, y espero que no sea lo primero porque de una vez os advierto que Lizbeth me gusta y mucho. ¿Me habéis entendido? —Señaló a cada uno con el dedo empezando desde Chloe pasando por Lily y acabando en Robert.

—Entendido —dijeron al unísono. Y salió al encuentro de las chicas.

—Veis, veis —dijo Robert en voz bajita haciendo aspavientos con los brazos y señalando a su hermano que se salía de la cocina. Blake se giró y ellos disimularon silbando y haciendo que hacían cosas que no estaban haciendo.

Cuando llegó a la mesa vio que Lizbeth no estaba. Ashley le dijo que se había ido a cambiar. Y fue tras ella, pillándola, poniéndose los pantalones.

—¿Ya te vas? —dijo acercándose a ella y abrazándola por la espalda. Liz se deshizo de su abrazo, incómoda.

—Blake, lo siento, pero no creo que esto vaya a salir bien. Estoy enamorada de Rhein y tú, y tú no pretendas engañarte, lo estás de Gianna. Lo último que quiero es ser un salvavidas. No te voy a mentir, me gustas, pero no puede ser.

—Te entiendo, no creas que no, sé que la situación no es la más idónea, pero dame una oportunidad.

—Por favor, Blake, dejémoslo así. Ha estado muy bien, pero no estropeemos algo tan bonito como lo que tenemos, nuestra amistad, por una noche de sexo.

—Para mí ha sido algo más que una noche de sexo. Tu cuerpo me decía otra cosa. Pude sentirlo.

—Sexo, ha sido solo eso. Ya está, no le des más vueltas, yo…, yo estoy muy enamorada de Rhein, es el amor de mi vida y tú lo estás de tu prima. Dudo que tus sentimientos cambien de la noche a la mañana.

—No saques tus propias conclusiones antes de tomar una decisión y mucho menos pongas excusas. Lo que hicimos anoche no es más que la confirmación de que te gusto y de que no estas tan enamorada de Rhein como dices.

—No te pases, Blake, no tienes ni puta idea de lo que siento.

El comentario de Blake le escoció. Había herido su orgullo; porque sí, en una cosa sí tenía razón, en que no le era indiferente, y él lo sabía. Eso es lo que más le cabreaba a ella, ser tan trasparente, era un defecto que tenía y que odiaba.

En ese instante a Lizbeth le entró un mensaje de Rhein avisándole que tardaría unos días más. Estaba a punto de salir por la puerta dejando a Blake sentado en la cama cuando Rhein decidió llamarla.

—Hola, amor —contestó Lizbeth mirando a Blake que desvío la mirada poniendo los ojos en blanco.

—Hola, mi vida, ¿cómo estás?

—¿Qué es eso que vas a tardar unos días más? —preguntó y a Blake, que escuchaba, se le iluminaron los ojos.

—Sí, mi vida, mi abuelo, que ha organizado un evento familiar y bueno, ya te he hablado de él.

—Mi amor, pero no puedes faltar, las clases empiezan el lunes.

—Bueno, cariño, por un día... llegaré el martes. ¿puedes cogerme los apuntes? Porfis.

Lizbeth suspiró.

—Valeee...

—Mi amor, yo también te echo de menos y estoy deseando hacerte el amor.

—Calla, idiota.

—Es verdad, amor. Estoy tan cachondo que cuando te coja te voy a tener que llevar en brazos a la universidad porque no vas a poder ni andar.

Liz se sonrojó.

—Hala, qué exagerado.

—Te amo, Lizzy. No lo olvides nunca.

A Lizbeth se le partió el corazón y se le instaló un nudo muy doloroso en la garganta.

—Y yo a ti —dijo sintiéndose la peor mujer del mundo.

Lizbeth y Ashley se fueron. Blake se ofreció a llevarlas a casa, pero Liz había llamado a un taxi. Lily, que había hecho buenas migas con Ashley, se quejó haciéndolas prometer que se verían más tarde. Ashley no quería irse. Pero Liz no quería seguir ahí. Robert intentó convencerla. No hubo manera, se fueron quedando para más tarde ir a tomar algo.

Cuando llegaron a casa, Stacy estaba preparando un pequeño *brunch*, Liam leía el periódico.

Ashley iba a la cocina cuando vio que Lizbeth, al borde del llanto, subió corriendo las escaleras. La amiga desistió y subió tras ella.

—Ey, ey, ¿qué te pasa? —dijo lanzándose a abrazar a Lizbeth, que al abrir la puerta de su habitación rompió en llanto.

—Me he acostado con Blake —escupió echándose a llorar tapándose la cara con la almohada.

—¡Qué!, ¡por qué! —exclamó.

Lizbeth la miró.

—Porque soy imbécil —dijo llorando y tirándose en la cama—. Me siento lo peor del mundo, ¡joder! —pataleó—. ¿Qué he hecho? ¿Cómo voy a mirar a Rhein a la cara?

—Estoy flipando. En serio, tía, me estás vacilando, ¿no?

Lizbeth la miró con la cara empapada en lágrimas y negó con la cabeza.

—Joder, Liz, ¿qué vas a hacer ahora?, por que habrá sido un desliz, ¿verdad? ¿No te estarás pillando por Blake ahora?

La miró con ojitos de cordero degollado.

—¡No! Liz, estás loca, pobre Rhein, ¿en qué coño estabas pensando? *Oh, my Godness…* —Se echó las manos a la cabeza.

—¿Que voy a hacer, Ashley? Amo a Rhein, es el hombre de mi vida, el padre de mis hijos, pero… Blake…

—Cállate, no quiero escucharlo.

—Me gusta mucho y ha sido la noche más ardiente que he pasado nunca. Ash, jamás había tenido sexo como lo tuve con él. No es que mi ratoncillo sea malo en la cama, pero Blake…, joder, soy imbécil —Lloró.

—Y lo ha dicho… no lo quieroooo oír Liz. —Ashley se acostó en la cama junto a su confundida amiga hecha un mar de lágrimas—. A ver, Liz, hace cuatro meses suspirabas por los rincones por Rhein; que era el amor de tu vida, que el padre de tus hijos, tu compañero de vida y todas esas cursilerías que soltaste por esa boquita. Aquí en esta misma habitación haciendo que vomitara mariposas y ahora me sales con que te gusta Blake, que ha sido el mejor sexo de tu vida y que yo que sé cuantas más barbaridades me estás soltando ¡decídete! ¿Rhein o Blake?

—¡Rhein! —exclamó Lizbeth—. Sin ninguna duda, Ash.

—¿Entonces?, ¿por qué lloras? Vas a volverme locam Lizbeth Montesinos, ¡loca!

—¡Que le he puesto los cuernos al amor de mi vida! Joder.

—Y más que se los pondrás cuando llevéis treinta años de casados. Serás tonta. Mira, vamos a hacer una cosa, yo no he escuchado nada, no sé nada… y punto. Habla con Blake, déjale las cosas claritas y santas pascuas, como diría mi madre.

—Blake me ha dicho que me esperará.

—¿Quién? ¿Don me muero por mi prima? mi vida no vale nada sin ella… Mira, Liz, esta clase de chicos y más los de Nueva York, así como Blake, a los que les sale el dinero por las orejas, no tienen sentimientos, pasan de una mujer a otra como una abeja de flor en flor. Se le pasará. Ahora lo que querrá es parasitar en ti y quitarse la tontería con su prima.

Pasa de él, en serio, Liz. Si tanto amas a Rhein, cállate como una puta.

Liz abrió los ojos como platos.

—Estas loca, lo sabes, ¿verdad? —dijo.

—No más que tú, por cierto, ¿vamos a salir con Blake y séquito?

—¿Quieres?

—Sí, me ha caído muy bien Lily. Así le demuestras a Blake que te importa mierda y media. Y, nena, te vas a poner este vestido. —Ashley enfiló a su armario y trajo un vestido súper corto—. Y vas a hacer que pasas de todo, ignorándolo.

—No creo que sea buena idea.

—Tú hazme caso, ponte el vestido.

—No sé yo… Además, hace un frío de cojones; así que me voy a poner unos pantalones y el jersey más horrendo que tenga en ese armario —dijo señalando el armario levantándose y limpiándose las lágrimas de la cara.

Una hora más tarde estaban frente al Bambino di Giancarlo, ya las estaban esperando. Blake salió a recibirlas. Ashley le miró atravesado y Lizbeth siguió el consejo de su amiga. Lo ignoró por completo pasando por su lado sin dirigirle ni un miserable hola, él sonrió.

—Pensábamos que no ibais a venir —dijo Lily.

—Pues ya estamos aquí. Nos hemos distraído, Liz se paró a comprarle algo a Rhein.

—¿Que, el regalito de la culpa? —Soltó Lily. En seguida cayó en cuenta que estaba metiendo la pata—. Perdón, a veces soy una bocazas. Y cotilla, ¿puedo ver lo que le has comprado?

—Si que eres cotilla. A ti que te importa lo que le ha comprado —respondió Blake molesto, que Lizbeth le comprara un regalo a su novio confirmaba que ella no estaba por la labor de romper con él.

—No, para nada, ya lo tenía encargado; es un corazón de oro de esos que se parten en dos. Uno es para mí y la otra mitad para él.

—Oh, qué bonito, Liz, un detallazo, a ver ¿puedo verlo? —Pidió Chloe cogiéndolo y enseñándoselo a Lily—. Es muy bonito, Liz, le va a encantar; lo conozco bastante bien y esta clase de detallitos le encantan. Rhein es un poeta, un enamorado del amor —dijo fulminada por su hermano Blake y Lily.

—Sí, tu, aliéntala para que siga con Rhein y no con tu hermano —le susurró al oído Lily.

—Perdón. ¿He metido la pata?

—Hasta el fondo, querida.

—¿Que os he dicho de los secretitos en la mesa y con gente delante? —regañó Blake.

Robert había ido al baño, cuando llegó sobresaltó a Lizbeth haciéndole cosquillas en la cintura, esta le recibió con un abrazo y un sonoro beso en la mejilla.

Chloe sonrió al ver la confianza que su hermano mellizo tenía con Lizbeth. Eran mellizos, pero totalmente diferentes, una cosa sí era cierta, que compartían los mismos sentimientos, es decir, que si a Robert le caía mal una persona, ella sentía ese odio hacia esa persona, si era lo contrario también lo sentía, por eso sonrió al ver la familiaridad que Robert y Lizbeth tenían.

Lily miró a Chloe y vio su cara de satisfacción y cómo no, de aprobación a Liz. Teniendo el impulso de sonreírle y acariciarle la barbilla. Chloe tenía una sonrisa adorable que hacía que cualquier persona se derritiera. Ella agradeció ese pequeño gesto tomándolo como un signo de paz entre ellas y le cogió la mano por debajo de la mesa. Lily se la apretó fuerte y se la llevó a los labios dándole un beso en ella.

Robert, que lo había visto, giró la cara hacia su hermana preguntándole con los ojos si era cierto lo que acababa de ver y esta le sonrió haciéndole saber que sí, que no tenía nada que ocultar. Comieron ligero en el restaurante, por supuesto, Giancarlo no dejaba que Liz se fuera sin su tiramisú, que agradeció. Se comió ese manjar y pidió otro para llevar.

—Giancarlo, la culpa es tuya si mi novio me deja por culona.

—*Noooo, sei una ragazza molto ¡bella! Qualsiasi uomo se volvería loco con te* —aduló Giancarlo, el propietario del establecimiento, a Lizbeth obsequiándole el tiramisú para llevar de regalo.

—Joder con el Giancarlo… no pierde la oportunidad para tirarte los trastos, eh —se mofó Ashley.

—Y ¿quién no Ash? Liz es preciosa, que nadie diga lo contrario —dijo Robert echándole el brazo por encima de los hombros, mientras salían del establecimiento—. Podría volver loco a cualquiera.

Lizbeth se ruborizó

—Tú que me ves con buenos ojos.

—Hasta tú, ¿no?, Robby —preguntó Lily abriendo la puerta del coche de Blake y subiéndose en él.

Chloe entró primera seguida de Ashley y Rob se subió poniéndose a Lizbeth en las rodillas.

—Hombre, coño, si fuera hetero y no me gustara más un macho que a un tonto un lápiz, no lo pongas en duda —le dio un sonoro beso en la mejilla a Lizbeth que reía a carcajadas.

El fin de semana que pasaron de acción de gracias había sido de lo más divertido. Lily y Chloe estaban un poco más unidas. Prácticamente porque a Lily le había llamado la atención Ashley y se había propuesto averiguar si era lesbiana y lo de su novio Jack no era más que una tapadera. No lo logró. Blake no dejaba de llamar la atención de Lizbeth, que siguió ignorándolo a razón del consejo que Ashley le había dado y así hasta el lunes en la universidad que Blake asaltó a Lizbeth en el baño de chicas.

—¿Qué haces aquí?, ¿estás loco?

—Loco me vas a volver tú como sigas ignorándome.

—Te dije que lo que pasó entre nosotros había sido un error y que lo olvidemos.

—Olvídalo tú, porque yo no puedo.

Blake la apresó contra la pared cogiéndole los brazos por detrás de la espalda para que no se le escapase e intentó besarla.

—¡Basta, Blake! te estás pasando.

Él, al darse cuenta de que efectivamente se estaba pasando, la soltó. Lizbeth recogió su mochila que se había caído al suelo y los apuntes de Rhein.

—Te quiero, Liz, te deseo. —La abrazó por la espalda susurrándole al oído, dándole la vuelta y subiéndola a la encimera del baño.

—Alguien puede entrar y vernos, y llevarse la impresión que no es. Ya basta, no voy a dejar a Rhein. No vamos a volver enrollarnos y no me obligues a retírate mi amistad; porque no me gustaría hacerlo, me caes bien, pero nada más. Lo de la otra noche fue un calentón, más el alcohol, igual a desfase y se no fue de las manos, y ya está.

—Ya está no, te quiero y quiero que estemos juntos.

—No digas locuras.

—Locura es verte todos los días y no poder tocarte, eso sí que es una locura.

—¡Por dios, Blake! Para, ¿qué te pasa?

—Que me estoy enamorando de ti, eso es lo que pasa. Dame una oportunidad, Liz.

La puerta del baño se abrió y una chica entró quedándose extrañada por ver a Blake ahí. Lizbeth aprovechó para salir, él la siguió. Se tropezaron con Ashley en el pasillo. Él la asió del brazo atrayéndola hacia él. Cogiéndola del cuello y de la cintura.

—Te quiero, Liz, y nada va a hacerme cambiar de parecer ¿Quieres retirarme tu amistad? Hazlo. No la quiero. Porque te quiero a ti —dijo a escasos centímetros de sus labios desestabilizándola, por un momento Lizbeth pensó que perdería el control y lo besaría. Gracias a que su ángel de la guarda, Ashley, estaba ahí para evitar un desastre.

—Blake, suéltala —dijo Ashley ayudando a su amiga a deshacerse de él.

Se alejaron con paso rápido mirando hacia atrás. Viendo como Blake las observaba marcharse cogidas de la mano.

—Te dije que estaba loco, que había algo en él que no me gustaba, y ya ves, no me equivoqué.

—No sé, Ash, pero a mí me ha puesto cachonda.

—Dios los cría y ellos se juntan, será verdad y todo, estás como una puta cabra.

Lizbeth miró una vez más hacia atrás y Blake ya había desaparecido.

3

—¿Lo tienes?

—Sí, aquí —Lily sacó un tubito de su mochila.

—Dios, que nervios —dijo Gianna temblando—. ¿Seguro que es de Blake?

—Sí, ¿de quién va a ser? Pesada, y no vuelvas a preguntarme cómo lo conseguí que bastante traumatizada estoy ya, eh.

—No, no te preocupes.

Gianna y Lily se sentaron en la salita de espera del laboratorio donde iban a depositar las pruebas para el análisis de paternidad. Se habían levantado muy temprano. Lily tenía que ir a la academia de policía.

Gianna acostumbraba a salir a correr por las mañanas, había dejado durmiendo a Hunter, ya no corría, pero sí, andaba para mantenerse en forma durante el embarazo, así que, que Gianna saliera temprano de casa, a Hunter no le llamaba la atención.

—¿Señorita Castro? —llamó una enfermera que venía a coger las pruebas. Habían usado el apellido de Lily para no levantar sospechas.

Gianna se levantó y acompañó a la enfermera que le indicó el camino hacia la salita donde iban a extraerle el líquido amniótico. No tardó mucho. Lily la esperaba impaciente en la sala.

—¿Te ha dolido? —preguntó Lily.

—Sí, un poquito, pero más me dolerá como las pruebas digan que Bethany es hija de Hunter.

—Y ¿si dijeran que es de Blake?

—Pues, sería el sueño de mi vida.

Lily se paró frente al coche y dio media vuelta hacia su amiga que sonreía como una tonta.

—No pretenderás volver con Blake, ¿verdad?

Gianna miró a Lily sin entenderla.

—Obvio que sí, Lily, yo me casé con Hunter pensando que iba a tener un hijo de él.

—No. —Agitó la cabeza —No, tú te cásate…, déjame que te recuerde por qué, supuestamente Blake había dejado preñada a Meghan, cosa que se supo más tarde que no era verdad, así que no quieras engañarme.

—No iba a casarme con Hunter, pero cuando me enteré de que estaba embarazada, no pude retroceder.

—Qué, pero… —Liliana suspiró—, eres tonta, así de claro te lo digo y no para un rato no, para siempre y sin tratamiento, querida. Y no quieras verme la cara de tonta; porque lo de Meghan fue antes de que Hunter te pidiera matrimonio. Te recuerdo que yo estaba allí, por si se te había olvidado, puta manipuladora. Gianna Jonhson, está usted perdiendo facultades, eh.

Gianna miró a su amiga. Tenía razón, había actuado impulsivamente. No tenía excusa. Cuando Hunter le puso el anillo en el dedo, no lo pensó, lo hizo sin más, sabiendo que no habría marcha atrás.

Suspiró.

—¿Qué quieres que hiciera Lil?

—Déjalo, súbete al coche porque ahora mismo soy capaz de atropellarte.

Se subió al coche tal y como le pidió su amiga. Lily arrancó el motor y salió del aparcamiento. Ella la miraba dudosa.

—¿Es por la chica esa…? —preguntó.

Lily la miró de reojo.

—Sí, no te hagas la tonta, Chloe me lo ha contado.

—Cómo no… —bufó poniendo los ojos en blanco.

—Para tu información, Chloe no me lo contó para chivarse ni nada malo que puedas pensar de ella, dejándome sorprendida por primera vez, lo hizo para advertirme que me olvide de Blake, cosa que por supuesto no voy a hacer y mucho menos ahora que lo estoy perdiendo.

—Qué descarada llegas a ser, Gianna. Tú no lo perdiste, tú lo dejaste. Elegiste a Hunter. Podías haber seguido adelante con el embarazo, hacer las clases a distancia si te daba vergüenza es que te vieran preñada, y presentarte para los exámenes cuando te tocaba.

—Qué fácil lo ves todo. Una mujer de mi clase yendo embarazada a una de las más prestigiosas universidades del mundo donde asisten hijos e hijas de presidentes, hasta príncipes me he enterado… voy yo con mi gran barriga a presentarme allí como una barriobajera de beca como… la tal Lizbeth esa.

Lily la fulminó con la mirada deteniendo el coche. Gianna casi se golpea con el salpicadero

—¿Perdona? Me estas, queriendo decir que Liz, que es de una familia humilde como yo, que está en Harvard porque la tía se lo ha currado, porque es lista de cojones, ¿es una barriobajera? ¡Joder, Gigi! si piensas así de ella, ¿qué pensaras de mí?

—No me estas entendiendo, Liliana.

—No me estas entendiendo Liliana… —dijo con voz burlona —, te estoy entendiendo perfectamente, ¿pero tú quien te crees que eres?

—Lily, no quería ofenderte tú eres diferente; eres mi amiga, mi mejor amiga.

—Pero una barriobajera, al fin y al cabo, bájate de mí Ford mierda. No vayan a ver a la gran Gianna Jonhson metida en una lata de sardinas.

—¡Lily!

—¡Que te bajes, coño!

Gianna se bajó del coche y miró a Lily. ¿De verdad iba a dejarla allí tirada?

—Cierra, el semáforo está en verde y ya me están pitando y no cierres fuerte, no te vayas a quedar con la puerta en la mano.

Y sin más, Lily se fue dejando a su amiga embarazada en plena calle, su casa no estaba lejos, solo a un par de manzanas y no le costaba ir andando, hacía ese trayecto todas las mañanas. Lo que le molestaba era que su mejor amiga la hubiese dejado tirada.

Lily estaba cambiando, en otra época antes del verano, hubiese montado un plan en contra de la que se estaba atreviendo a quitarle el amor de Blake. Ella y Chloe se habían posicionado claramente en el bando de Lizbeth, una desconocida que acababan de conocer, pero que le había arrebatado todo tipo de respeto y ayuda. Estaba sola. Ya no tenía el incondicional apoyo de la sargento Lily ni de la soldado raso, Chloe. La capitana se quedaba sola ante el peligro. Tenía que librar aquella batalla ella sola, frente a una enemiga más fuerte que ella.

Cuando llegó a su casa Hunter le esperaba sentado en la mesa. Había tardado más que de costumbre.

La doncella cogió su abrigo.

—Voy a darme una ducha y ahora voy a desayunar.

—Sí, señora. —La doncella se fue. Hunter se levantó y mientras Gianna subía las escaleras, con aparente derrota preguntó:

—¿De dónde vienes?

—De caminar como todas las mañanas —habló sin mirarlo y subiendo las escaleras, desapareciendo en el piso superior.

Entró al baño.

Se miró al espejo durante un largo rato, seria, observando su reflejo.

—Eres imbécil, Gianna, una autentica imbécil —se dijo.

Se dio una ducha, se cambió y bajó a desayunar con su esposo que ya había terminado, pero que la esperaba.

—¿Dónde estabas?

—Ya te he dicho; salí a caminar como cada mañana —dijo cogiendo los cubiertos envueltos en una fina servilleta blanca de algodón y poniéndosela en las rodillas.

—¿Me pasas el pan?

—¿Tanto rato?

—No, es verdad, me he ido a Boston a echar un polvo con Blake —dijo con sarna.

—Eres una hija de puta.

—Y ¿qué más? —dijo llevándose un pedazo de fruta a la boca.

—Acabo de hablar con Santos…

—¿Y?, ¿sabe algo de lo de la mercancía desaparecida?

—No, nada. Gracias a Dios. Pero eso no es de lo que me quería hablar. Mi tío quiere que dejemos al margen a tu amante, por un tiempo.

—Uhm, lógico, querrá que estudie.

—Y yo, no estoy estudiando, ¿no? Necesito ayuda. Los chicos y yo estamos cogidos por los huevos.

—Y Blake, ¿es la única opción?

—No sé para qué hablo de esto contigo, si tú también lo vas a defender. El cabrón no hace nada, solo dar órdenes quedándose tan tranquilo en su puto ático haciendo que está estudiando; cuando lo único que hace es perseguir a una putita que acaba de conocer.

—Lizbeth se llama la putita. Y es la novia de Rhein Rogers.

Hunter miró a Gianna sorprendido y dio una risotada.

—¿Rhein Rogers tiene novia? Eso sí que es bueno, supongo que un adefesio, aunque pensándolo bien, si Blake la está persiguiendo es que vale la pena.

Gianna lo fulminó con la mirada. Se limpió las comisuras de la boca con la servilleta que tenía en las piernas y levantándose, la lanzó contra la mesa haciendo que la copa de agua se derramara por la mesa.

—No quiero seguir escuchando nada más. Y tú, ¿no te estabas quejando que no tenías tiempo de estudiar? Llegas tarde.

—He quedado con el Chapas a ver qué podemos averiguar y hacer para que nadie se dé cuenta.

—Muy bien, voy a pasar el día con Chloe en casa de mi padre, por si me buscas, estoy ahí.

Hunter observó con desprecio como su mujer, celosa de la nueva amiga de Blake, se iba. Desde que se casaron nada iba bien. Gianna no estaba receptiva, más aún cuando supo que Meghan había perdido el supuesto hijo que esperaba de su primo, y le había dejado claro en un arrebato que al que amaba era a Blake y que buscaría la forma de volver con él aunque le costara la vida. La convivencia con ella era inaguantable, incluso dormían en habitaciones separadas. Hunter le había comentado a Meghan, que se había convertido en su confidente y única amiga, que si no fuera por la presión de su madre de seguir casado con ella ya la hubiera dejado esperara o no un hijo suyo. Estaba harto de sus desplantes y empezaba a sentir algo por Meghan. Era la única que le escuchaba, que le tranquilizaba, con ella se sentía en paz. Se estaba enamorando, y ella de él.

Gianna llegó a casa de su padre y fue directa a la habitación de Chloe, ella aún no había llegado del instituto, la esperó.

—¿Qué haces aquí? Tienes tu habitación.

—El equipo de música se me rompió.

—Ya… —Chloe dejó la mochila sobre la mesa y se recostó junto a su prima que la abrazó.

—He discutido con Lily hoy. Cuando volvíamos del laboratorio.

—¿Tú y Lily discutiendo? —Se extrañó.

—Sí, le dije que me habías hablado de Lizbeth —dijo arrastrando el nombre de su rival.

—No debías habérselo dicho, ahora se enfadará conmigo, con lo que me ha costado que vuelva a confiar en mí.

—Perdón, es que ¡Dios! saber que Blake se está fijando en otra me pone de los nervios.

—Lo sé, Gigi, pero como ya te dije, ya nada puedes hacer, aunque te duela y me odies por eso. Le prometí a Blake que no me inmiscuiría en su relación con Liz. Gigi, es buena chica, de verdad, déjala en paz… tú estás con Hunter, casada —recordó—, y vais a tener un hijo, deja a Blake en paz.

—Chloe, lo amo.

—Lo sé, pero, Gigi, no puede ser.

—¡Ay! —se quejó—. Me ha dado una patadita.

—¿No? A ver —Chloe puso la mano esperando a que la pequeña Bethany diera otra patadita—. Es complicado que tú y Blake volváis a estar juntos, y más aún ahora que está tan pillado por Liz.

—Sí, pero ella es la novia de Rhein.

Gianna quedó pensando y exclamó:

—¡Rhein!

—Gianna, que te conozco. ¿Qué vas a hacer?, lo que estés pensando va a salir mal.

—Si la tal Liz es como me cuentas hará lo imposible por no perder a Rhein. Odiará a Blake y él volverá a mí.

—¡Estás loca Gianna! —exclamó mientras Gianna salía por la puerta arroyando a Robert con el que se cruzó por el pasillo.

—¡Hola, cariño!, luego nos vemos, ¿vas a ir a la fiesta de los Rogers esta noche?

—Sí, ¿por qué?

—Nos vemos allí. ¡Te quieroooo!

—¿Qué le pasa?

—Nada bueno, Rob, nada bueno…

Chloe se vistió, había quedado con Lily para ir al cine después de que ella saliera de la academia de policía. Estaba ilusionadísima, era su primera cita ¿cómo novias? Todavía no habían hablado del asunto y supuso que esa noche lo harían. Salió despidiéndose de su madre y de Fátima que estaban discutiendo qué vajilla pondrían en Navidad y eso que todavía faltaban tres semanas, las doncellas habían sacado toda la decoración navideña y la estaban colocando.

—¿Dónde crees que vas, Chloe? —gritó Yanelis desde el salón.

—Al cine con Lily. No tardo. —Quiso dar unos pasos más, pero escuchó:

—¿A qué hora piensas volver?

—Mamá, no lo séééé —Enfiló hacia el ascensor privado bajo la mirada de su madre que al ver como se cerraba las puertas del aparato dijo:

—Ya verás cuando se entere Nick que no solo tiene un hijo homosexual, sino dos, de esa le enterramos, Fati, le enterramos.

Fátima soltó una risotada.

—Eso seguro, Yanelis, con lo macho que es tu marido y que encima le vayan a decir que no va a tener descendencia con lo que os costó quedaros embarazados… mínimo un miocardio le da.

Ambas rieron.

Yanelis miró a Fátima.

—¿Cuando vas a decirle a Blake que eres su madre biológica? Ya has visto que Santos no le ha hecho ningún daño ni intenciones tiene, es un bicho, pero estoy segura de que ama a Blake a pesar de que se lo hemos ocultado todo este tiempo que ha estado en la cárcel.

—No creo que se lo diga nunca. No quiero hacerle sufrir, ¿qué pensaría de mí? —Levantó una copa de cristal y la miró a tras luz asegurándose que estaba limpia—. Que le abandoné porque fue fruto de una violación y me odiará por haberle regalado.

—No le regalaste, le estabas protegiendo amiga, si hubiésemos dejado que Santos se enterara que tenía un hijo, ¿qué hubiera hecho de él? El chico responsable y estudioso que es hoy o un narco con el único futuro que la muerte o una vida encerrado tras unas rejas.

—No lo sé, amiga, de momento dejémoslo así, ya con el tiempo veremos qué pasa.

Yanelis agitó la cabeza en negación.

—Ay, amiga…

—¿Cuál vemos? *Shakespeare in love, El Príncipe de Egipto* o *La ciudad de los Ángeles* —preguntó Chloe.

—No sé, cariño, elige tú —dijo Lily cansada por la indecisión de su chica.

—No, porque si yo elijo; tú te aburres y te duermes.

—Mientras no sea la de dibujos, me da igual.

—¿Por qué? pero si es muy bonita.

—Es la que ibas a elegir, ¿no?

—Sí —contestó poniéndole ojitos a Lily, que se negó en rotundo.

—¿No hay otra? yo que sé, una que no sea tan ñoña, no sé *Un crimen perfecto, Poseídos o Deep Impact…* ¡nena! que siempre vemos pelis ñoñas.

—Porfisss… —rezó, haciendo sonreír a Lily.

—Está bien… *La ciudad de los Ángeles* y ya. Voy a por palomitas, tú ve a por las entradas.

—Graciassss, te quieroooo —dijo alejándose de Lily que negaba con la cabeza, ya la había vuelto a liar. No sabía cómo lo hacía, pero al final siempre hacían lo Chloe quería.

Lily fue a por las palomitas. Y oyó una risa tonta tras ella que la empezaba a exasperar.

—¿Qué te pongo? —preguntó el dependiente.

—Dos palomitas grandes —Otra vez la risa tonta—, una co… —de nuevo la risa y se giró llevándose una sorpresa. Rhein llevaba colgada del brazo a una rubia despampanante, de esas que salen en las revistas y de las que Dios se olvidó poner cerebro por hacerlas tan guapas.

—¿Rhein?

—¡Lily!, ¿qué tal? ¿Tú por aquí?

—Sí, he venido con Chloe. No, pero eso me pregunto yo, ¿tú qué cojones haces aquí?, no deberías estar en Boston.

Rhein carraspeó nervioso.

—Sí, bueno… mi abuelo organiza una fiesta familiar esta noche. No sé si lo sabes, y quería despejarme un poco antes de ir.

—Ah, qué bien.

Lily tenía las ganas irrefrenables de pegarle un puñetazo ahí mismo «¿Tendrá cara. ¿Qué coño hace con esa rubia?» pensó.

—¿Algo más, señorita? —dijo el dependiente.

—Sí, una coca cola y una Fanta de naranja.

—Lil, ya tengo las... —Chloe se quedó sin palabras al ver a Rhein.

—¿Rhein?, ¿qué haces aquí? y ¿quién es tu amiga?

—Hola a ti también, Chloe. Perdón, qué mal educado soy. Ella es Catalina, es una amiga.

—Una amiga. Ummm, interesante —dijo Lily agitando la cabeza.

—¡Una amiga dice! —La rubia se rio.

—¿Ah no?, ¿No eres su amiga?

—No, soy su novia —dijo sin cortarse un pelo enganchándose aún más al brazo de Rhein.

Chloe se quedó blanca como la cera. A Lily se le achicharró la sangre en las venas y miró a Rhein, que supo enseguida que Lily había conocido a Lizbeth.

—Sujétame esto, cariño.

—Con mucho gusto. —Chloe cogió los refrescos y las palomitas como pudo. Lily se remangó el jersey y le asestó un derechazo a Rhein que se le cayeron las gafas al suelo.

—Pero ¡qué haces, Lily! —gritó Rhein.

—¿Que qué hago? me dice —rio y miró a Chloe, incrédula.

—Esto va por Liz. Y parecía un mosquita muerta, un cabrón como todos los tíos. Qué decepción, eh, Rhein, qué decepción, espera que se entere Lizbeth. Yo que tú me pensaba volver a Boston.

Rhein se levantó con ayuda de la rubia y fue tras Lily.

—Lily, por favor, espera. No es lo que piensas.

—No, sí es que no lo pienso. Ya lo ha dicho la Barbie oxigenada, es tu novia.

—Lily, escúchame un momento, por favor. Lizzy no puede enterarse de esto, déjame que te lo explique.

—¡Mira el mosquita muerta! —dijo mirando a Chloe —, a mí no me tienes que dar ninguna explicación, si acaso, a Lizbeth, pero ¡a mí! Ahórrate, las excusas.

—Y espera a que se entre Blake. ¡Uy! ahí sí, que estás muerto —dijo Chloe—. Estás muerto.

Sin dejar que Rhein se explicara y sin entender a santo de qué Chloe metía a su hermano aquí, ambas se metieron en la sala de su película. Rhein decidió irse con la rubia. Que no era su novia, ella quería, pero no. Era la hija de un socio de su abuelo que acababa de llegar de España y le estaba enseñando Nueva York, se conocían desde que eran niños, coincidían en Cuba donde pasaban sus vacaciones y la chica, bueno, estaba un poco coladita por Rhein.

—¿Por qué les has dicho que eres mi novia?

—Lo siento, pero es que yo quiero ser tu novia. Por cierto, ¿quién es Lizbeth?

—¡Mi novia, Catalina! mi N O V I A, que te quede claro. ¡Dios! ¿Por qué has hecho eso?

—Perdón, no sabía que tenías novia. No me lo has dicho y como siempre te quejas de que tus amigos de aquí se meten contigo por eso, pues pensé que al verme a mí pues se enterarían de lo hombre que eres. Que te guste leer y esas cosas no te hace menos hombre.

—Cállate, Cata, ¡cállate! y vámonos.

—Lo siento —Quiso defenderse la chica, Rhein estaba muy molesto por la metedura de pata, él no era ese tipo de chicos a los que se refería Lily, él era diferente, un caballero; monógamo y sin ninguna intención de engañar a su chica.

Lily y Chloe comentaban mientras se sentaban en sus butacas.

—Qué fuerte lo de Rhein.

—Sí súper, pero se va a enterar.

—Ay, pues yo lo miro por el lado positivo, así Blake tiene más oportunidades con Liz —dijo Chloe esperanzada.

—También es verdad.

Después del cine, Lily se llevó a Chloe a su casa con la excusa de enseñarle el nuevo disco de Britney Spears. Ese día estaba sola, Sandra había ido a ayudar a decorar la iglesia y Carlos tenía guardia esa noche.

—¿Por qué no te quedas un ratito? —propuso Lily cogiendo a Chloe por la cintura y besándole el cuello cuando esta se disponía a irse.

—No sé —dudó dejándose besar y rodeando el cuello de Lily con sus brazos. Lily metió las manos bajo su jersey y se lo quitó por encima de la cabeza.

—Bueno, un ratito más. No creo que me echen mucho de menos.

—Claro que no —dijo guiándola hasta la cama, mientras le besaba el cuello y escote—. Qué ganas tenía de hacerte el amor, niñata.

—Y yo de que me lo hicieras. No sabes cuantas noches he fantaseado con eso.

—¿Sí? Pues túmbate en la cama, voy a hacer tus fantasías realidad.

Chloe se tumbó desabrochándose el pantalón, Lily le ayudó a quitárselo.

Luego ella se quitó el sujetador y Chloe le agarró los pechos y los acarició.

Lily buscó su boca y le mordió el labio inferior tirando de él y dando paso a su lengua.

Chloe, mientras Lily le besaba, se quitó las braguitas, estaba completamente desnuda y húmeda; deseaba que Lily le hiciera el amor.

Lily bajó la mano hasta su vagina y le introdujo un dedo sin dejar de besarla. Ella cogió aire y exhaló un gemido que hizo que los pezones de Lily se endurecieran. Bajó hasta sus pechos lamiéndole los pezones. Chloe le acarició la cabeza y ella fue bajando poco a poco dándole cálidos y pequeños besitos hasta llegar a su sexo, el cual engulló fieramente succionando su clítoris, haciendo que Chloe arquera el cuerpo sobre la cama y se agarrara al cabezal como si fuera a caerse; dio un grito y Lily le tapó la boca, por si acaso las oían.

—Te amo, Lil, perdóname te amo —dijo entre suspiros y gemidos sintiendo como Lily se apoderaba de su cuerpo frenética y ciega de deseo.

Había fantaseado con ese momento toda la vida. La amaba con fervor, casi rozando la obsesión, Chloe era su talón de Aquiles.

Oyeron el coche de Sandra aparcar y pararon de súbito. Lily se asomó a la ventana para comprobar si era su madre y sí, lo era, Chloe empezó a vestirse con prisa. Lo mismo que Lily, entre risas, aún con las ganas de seguir devorándose.

—Casi nos pillan —dijo Chloe dando un beso en la boca a Lily.

—Por poco.

De repente la puerta se abrió y era Sandra.

—Mamááá ¿no sabes tocar o qué?

—Perdona, hija no sabía que estabas acompañada ¿Chloe? Mi niña, ¿cómo estás? acabo de estar con tu madre y Fátima en la iglesia, me ha extrañado no verte ahí como el año pasado, ni a Gigi.

—Mamá.

—Ay, vale hija, ya me voy. Que prisas.

Sandra salió de la habitación y Lily se lanzó sobre Chloe.

—Mejor será que lo dejemos para otro día. —Lily protestó—. ¿Me llevas a casa?

—Valeee…, pero me debes una.

—Te debo muchas. —Se Acercó insinuante y la besó—. Te amo.

—Y yo a ti. Te amo, te amo —repitió varias veces.

Lily llevó a Chloe a casa. Se despidieron en el coche dándose tal beso que avergonzaban a cualquiera que pasara por su lado, de repente, oyeron que alguien golpeaba el capo del coche, era Robert.

—Putas, cortaos. Que como baje papá estás muerta, Lil.

—¿Yo o él? del infarto que le da.

—Calla, calla —dijo Chloe bajándose de la coche no sin darle un último beso.

—Te quiero.

Lily sonrió y miró a Robert que también reía.

—Y, ¿tú de que te ríes?

—De la cara de tonta que llevas.

—Robert, déjala en paz.

—Déjalo, ya se lo cobraré.

Lily se fue y al entrar al hall se encontraron con Gianna que hablaba por teléfono. Robert le dio un beso y Chloe otro. Les despachó asegurando que ahora subía prosiguiendo con su misteriosa llamada.

—¿Estás segura, cariño? —dijo Katherine al otro lado del teléfono. Gianna aún tenía la esperanza de que su madre siguiera sintiendo algo por su padre.

—Sí, mamá, están saliendo, y si me la ha presentado, es que van en serio.

—Pues nada, hija, qué se le va a hacer, algún día tu padre tenía que rehacer su vida.

—Pero ¡Mami!

—Nada, Gigi, déjalo estar; eso es problema mío y de tu padre. Tú solo mantén el tipo y ya está. No le durará mucho esta, no es más que las otras.

—Mami… que ha reunido a toda la familia y me la ha presentado a mí, sabiendo que soy el último filtro, ¡mamá!

—Gianna, no voy a repetirlo más, eso es problema mío y de tu padre. No te metas.

4

Lizbeth esperaba fuera de la casa impaciente, Ashley se ofreció a llevarla a la universidad, Rhein no llegaba.

Empezaba a impacientarse, miraba el reloj, faltaban veinte minutos, no llegarían ni de coña a primera clase, a derecho romano; Liz odiaba esa asignatura, se aburría, pero no podía dejar de asistir o si no su beca se iría a la mierda, miró el reloj por última vez y Rhein apareció y corrió a su encuentro con una gran sonrisa; él se sintió aliviado si le esperaba y le recibía así, es que no sabía nada, a Lily no le habría dado tiempo para contarle lo de Catalina.

—¿Dónde estabas? Con lo puntual que eres —dijo besándole toda la cara—. ¡Ay, como te he echado de menos! —exclamó.

Rhein sonrió a la efusividad de su chica.

—Cariño, casi me quedo dormido. No he dormido. Cogí el primer vuelo. La fiesta acabó a altas horas de la madrugada, repito, no he dormido.

—Pobrecito, mi bebé. —Siguió dándole besitos por todas partes, por los ojos, las mejillas los labios, las orejas.

—Tenemos que irnos.

—Ay, sí, pero espera. —Lizbeth sonrió y le dio un apasionado beso que hizo que a Rhein se le pusiera dura.

—Cielo, cielo. —Apartó a su ardiente novia. Arrancó el motor y condujo dirección a la universidad a la que por mucha prisa que se dieran, no llegarían ni de broma. Lizbeth no dejaba de mirar a su chico, le excitaba ver esa cara de concentración que ponía cuando conducía.

—¿Qué? —preguntó Rhein.

—Nada, que estás muy guapo cuando conduces.

Rhein, sonrió tímido.

—Te amo —le dijo.

—Yo más —contestó Lizbeth.

—No es verdad, porque yo te amo más.

—Ni lo sueñes, como yo te amo, tú no puedes amarme.

—Es lo que tú te crees; porque yo te amo de aquí hasta al infinito del universo.

—Ah, bueno, pues eso no es nada; porqué yo, te amo aquí, ahora y más allá de la vida.

—Tramposo, tú ganas ¡hoy! Pero que sepas que yo te amo más.

Rhein soltó una carcajada.

Al llegar al aparcamiento les esperaba Ashley que hacía aspavientos con los brazos como una energúmena.

Lizbeth se bajó del coche.

—¿Qué pasa? —preguntó Lizbeth acercándose a su amiga.

—¡Que qué pasa! faltan treinta segundos para que empiece la clase y aquí tu novio conduce pisando huevos.

—Perdona, llevo al amor de vida de copiloto —dijo echándole el brazo por los hombros a Lizbeth y enfilando hacia la entrada de la universidad—. Derecho Romano se puede ir donde yo me sé. Yo, no juego con mi vida —dijo dándole un beso a su chica en la frente.

Lizbeth abrazó la cintura de Rhein y anduvieron hasta la entrada donde les esperaba Blake.

—Llegamos tarde —informó sin mirar a Lisbeth dirigiéndose a Rhein.

Esta lo fulminó con la mirada. Rhein quitó el brazo de los hombros de su chica para saludar a Blake, que también lo saludó como si nada hubiese pasado entre él y Lizbeth. Anduvieron charlando de sus cosas. Como si la noche que había pasado entre ellos no hubiera existido jamás. Cosa que desconcertó a Lizbeth y a Ashley que se miraron la una a la otra totalmente descolocadas. Ayer estaba obsesionado con estar con Lizbeth y ahora andaba de compadreo con Rhein.

El día fluyó como si tal cosa no hubiese ocurrido; comieron juntos, acompañaron a Lizbeth a su trabajo y la fueron a recoger al término de este, como siempre, y la dejaron en su casa como de costumbre.

Blake y Rhein se fueron a un bar a tomar unas copas. El primero cogió mesa y pidió mientras que el segundo fue al baño. Era un bar normalito, pero que a aquellas horas se llenaba de prostitutas.

Cuando Rhein se sentó, Blake le miró con media sonrisa.

—Elige la que quieras, yo pago.

—¿Perdón?

—Sí, elige, cabrón, la que más te guste; las hay tetonas, planas, culonas, elige.

—¿No sé a qué viene esto? pero no me hace ninguna gracia.

Blake hizo una mueca, bebió de su cerveza y se acomodó en la silla.

—Ah, no. Pues tampoco creo que a Liz le haga ninguna gracia enterarse que de la nada te ha salido una novia española llamada … ¿Catalina?

Lily o Chloe se habían chivado.

—Mira, Blake, no tengo por qué darte explicaciones, pero lo haré; aquí ha habido un malentendido.

Blake se inclinó sobre la mesa sin soltar su cerveza.

—La chica con la que me vieron; en primer lugar, no es española, es cubana y vive en España y, en segundo lugar; no es nada mío, es solo una amiga e intenté explicárselo a Lily, pero no me escuchó.

—¿Sabes, Rhein? Me da igual —Bebió de su cerveza—. Lo que no me da igual es que estés jugando con los sentimientos de Liz, por ahí sí que no paso. Me importa una mierda si es tu novia, tu amiguita o lo que te salga de los huevos, pero jugar con Liz, no. No te lo permito y no después de lo que pasó entre nosotros.

Rhein abrió los ojos y lo miró fijamente sin saber ni querer hacerse una idea de lo que Blake estaba hablando. Si lo pensaba mucho se volvería loco. Conocía a Blake y sabía que cualquier mujer caería rendida a sus pies si se lo propusiera, y tampoco era tonto para no darse cuenta de que lo que sentía Blake por su novia iba más allá de la amistad.

—Mira, Blake, no sé por dónde quieres ir, pero no vas bien y tienes información errónea. Y no te culpo, Lizzy es el tipo de chicas a las que te gusta partirles el corazón —Rhein, chasqueó la lengua—, Gigi tenía razón, te vas a aferrar a cualquier mierda para quitarme a mi novia, ya me lo advirtió anoche.

—Lizbeth y yo tuvimos sexo —soltó sin ningún remordimiento dando un trago al botellín de cerveza.

Rhein empalideció y buscó la mentira de Blake en sus ojos. No la encontró.

—Estás mintiendo, joder, desde que te la presenté la has mirado con esos ojos de… de enfermo. No soportas ver a la gente feliz. Desde que Gigi te dejó por Hunter estás en guerra con el mundo. Sí, es eso, y te cargas todas las relaciones que se te atraviesen en el camino. Porque sí, porque disfrutas con eso. Porque eres un hijo de puta. Si tú no eres feliz, nadie puede serlo.

—Deja de decir tonterías, Rhein, eres un don nadie. Siempre lo has sido, ¿qué creías?, ¿qué Lizbeth iba a quedarse contigo?, ¿casaros?, ¿tener hijos y vivir en un pueblo a las afueras de Nueva York con una casita de vayas blancas y un perrito? Qué ridículo eres, Rhein —rio a carcajadas encendiendo el enfado de Rhein que se levantó de la mesa.

—Vete a la mierda, Blake, eres una mierda de persona. No vales nada —escupió Rhein, lleno de rabia.

—Lo que tú quieras, pero Liz será ¡mía! —aseguró Blake, totalmente fuera de sí.

Rhein no aguantó y condujo a toda velocidad hacia casa de Lizbeth que ya dormía. La llamó hasta que cogió y la hizo salir de su casa.

Se bajó del coche hecho una furia dando un portazo que hizo eco. Agarró a Lizbeth por el cuello.

—Dime que es mentira. ¡Dímelo! —La sacudió y tiró al suelo.

—¿El qué, amor? —dijo muerta del susto por la expresión de rabia de su novio.

Rhein apretó los dientes.

—Dime que no te acostaste con Blake.

Lizbeth abrió los ojos llenándose de lágrimas confirmando a Rhein que era cierto lo que Blake le había dicho, nunca había visto a su novio fuera de sí y le dio miedo, su conciencia era demasiado débil y el terror se apoderaba de ella. Quiso mentir.

—No —dijo entre dientes.

—No me mientas, Lizzy.

Lizbeth hizo una pausa y no pudo más.

—Sí, pero no fue nada, te lo juro, estaba borracha.

Rhein la levantó del suelo, Lizbeth se tambaleó y rompió a llorar.

—¿Por qué?, ¡por qué!, Liz, ¡por qué! —gritó, haciendo que Ashley se asomara a la ventana seguida de Stacy.

—No lo sé… —dijo como pudo—. Lo siento, te amo, Rhein, lo siento…

—Cállate. —La volvió a coger del cuello y le tapó la boca —¡Cállate! ¿cómo has podido hacerme esto? —exclamó con el corazón hecho pedazos—, ¿por qué, Lizzy, por qué?

—Perdóname, Rhein, estaba borracha, perdóname por favor… —Suspiró rota de dolor.

Rhein la soltó, quiso darle una bofetada, se mordió el labio y cerró el puño. Sus ojos estaban encharcados de rabia. Lloró y a Lizbeth se le encogió el corazón. Haciéndole sentir aún peor de lo que ya se sentía.

—Rhein, por favor… —susurró.

Rhein se subió al coche incapaz de mirar a Lizbeth a la cara, que se encaramaba al coche como a su vida.

—No vuelvas a dirigirme una sola palabra. No quiero volver a saber nada de ti.

—Por favor, Rhein, no.

Rhein arrancó el coche y la dejó allí plantada, en medio de la calle. Lizbeth se llevaba las manos a la cabeza sin saber en qué momento su vida se había ido por el retrete y cayó de rodillas en el suelo. Stacy y Ashley salieron de la casa a recoger a Lizbeth que gritaba el nombre de Rhein a voz en grito de una forma que desgarraba a cualquiera. Tía y amiga, a quienes se les había saltado alguna que otra lágrima, no tenían palabras de consuelo para ella, solo la abrazaban y la ayudaban a entrar en la casa.

Blake no se daba por vencido, perseguía a Lizbeth, incluso hacia guardia a la salida de su trabajo en la librería.

Rhein cambió el horario de sus asignaturas para no coincidir en las mismas clases que ellos. Navidad estaba cerca y Lizbeth había decidido ir a Barcelona a pasarla allí con su familia, lejos de todo aquello, pero una mañana recibió una llamada que la dejó estupefacta.

—Eh, ratoncilla, ¿qué?, ¿no te acuerdas de que tienes familia o qué? Ah, no, como ya eres una estudiante de Harvard, ya no tienes tiempo ni para llamar a tu yayo.

—¡Yayo!, cómo me voy a olvidar de ti, viejillo mío —dijo con las lágrimas resbalando por su cara.

Lizbeth miró el teléfono y vio un número que no conocía.

—Pero ¿de dónde me estás llamando?, ¿y ese número?, ¿es del locutorio del Lucas?

—¡Que va! Es de Nueva York.

—¡Qué!

—A ver, niña, pero de donde es tu yayo.

—¿De Cuba?

—Sí, pero no, niña, de Nueva York, estamos en mi casa tu yaya, la guiri de tu madre y el paleto de tu padre. Ah, y la fresca de tu tía con sus hijas.

—Yayo… ¡por dios!

—Sí, hija, sí. Nos hemos venido todos.

—La madre que te parió, yayo, ¿por qué no me habéis avisado?

Rigoberto rio.

—Porque si no, no hubiese sido una sorpresa, pero no le digas a tu abuela que yo te lo he dicho, eh. Estas vacaciones de Navidad vente para aquí, ¿la Stacy esa no te ha dicho ná?

—Obvio que no, siendo una sorpresa no, Yayo, que siempre la estás liando.

—Pues ya le he liado, es que, mi niña, no aguantaba un día más sin llamarte y decírtelo.

Lizbeth rio.

—Y yo te lo agradezco, porque estoy con los exámenes, que si no me plantaba ahí a darte un besazo que te quitaba todas las arrugas, viejillo mío.

—Ay, mi niña, y yo, que te echo de menos, hija. Bueno, te dejo que ya viene tu abuela y como me pille hablando contigo y destrozando la sorpresa, me mata.

—Vale, te quiero, rezongón.

Lizbeth y su yayo se dedicaron unos cuantos besos atronadores y colgaron el teléfono. Rigoberto sonrío.

Hablaban casi todos los fines de semana, pero oír la voz de su nieta era como escuchar a su querida hermana fallecida de la que Lizbeth heredó el nombre. El parecido físico de tía abuela y sobrina era sorprendente; eran como dos gotas de agua y no solo ahí, el tono de voz, el carácter... hasta los andares los había heredado de su tía abuela.

En ocasiones, Rigoberto comentaba a su esposa que su hermana se había reencarnado en su nieta. Margot secundaba ese pensamiento, era su mejor amiga y a veces, cuando Lizbeth reía, a ella se le ponían los pelos de punta, su misma risa.

—¿Con quién hablabas, Beto? —preguntó Margot entrando con bolsas llenas de decoración navideña, tras ella Haley, la mamá de Lizbeth, que daba órdenes a los chicos de tienda de muebles a la que habían ido ella y su suegra a comprar, pues lo muebles de la casa, bueno, mansión, estaban anticuados.

—¿Yo? Con nadie —mintió.

—¿No estarías hablando con la niña? Mira, Rigoberto, que nos chafas la sorpresa —recriminó Margot por la impaciencia de su esposo.

—Sorpresa la que se va a llevar cuando descubra que no éramos pobres en cuanto vea esta casa. No entiendo el nivel de tu tacañería, papá. Nos has tenido muriéndonos de hambre toda la vida, incluso la ratoncilla tuvo que quemarse las pestañas para conseguir esa beca a ssabiendas de que, aunque no se la aceptaran, la podíamos pagar.

—Sí, claro, y convertirte aparte de cazurro en vago.

—¡Ya está bien, Rigoberto! deja de insultar al niño, si no quiso ir a la universidad fue su decisión, y además, no le ha ido tan mal en la vida ¡por Dios! deja ya los rencores, un día de estos te dará un infarto por seguir guardando rencores que ya no vienen al caso.

—¡Bah!, no decís más que sandeces.

El viejo se alejó y salió al jardín.

—Margot, querida, en una hora empiezan a venir las nenas que te busqué como doncellas.

—Gracias, Yanelis, hija, pero no me hace faltan doncellas.

—Como que no, esta casa es muy grande, Margot, necesitas ayuda. No creo que tu nuera y tu podáis con toda la casa —comentó Fátima.

—Bueno, ya nos apañaremos.

—Mamá, haz caso a Yanelis y a Fátima. No podréis con la casa —advirtió Su hijo Danniel.

—Mira que sois pesados, ¿tú que dices, Haley?

—¿Yo? lo que tú quieras, *Mom*.

—¡Qué ganas de decirles a los chicos que somos parientes, adoptivos, pero parientes! —dijo Yanelis emocionada. Al enterarse que Rigoberto y su esposa llegaban a Nueva York, había estado guardando el secreto de su parentesco con los Montesinos.

Nick y Thomas eran hijos de unos trabajadores de la hacienda que tenían en Cuba a los que la familia tenía en muy alta estima, a la madre, su padre era raro, extraño. No era un hombre fácil, cuando los padres de los chicos fallecieron, apenas cumplían los dieciséis años, Lizbeth convenció a sus padres para traerlos a Nueva York y que no se quedaran solos allí.

Pronto la familia los adoptaría, la tía de Rigoberto que no había podido tener hijos con su esposo Markus Jonhson, los adoptó como hijos suyos; aunque ya eran grandes, ellos aceptaron en seguida, sobre todo Thomas que se había enamorado de la hija del socio de su padre, Katherine, cuando esta iba de vacaciones a Cuba.

—Síií, tengo entendido que ya se conocen, y que son muy buenos amigos. Qué sorpresa se van a llevar.

****

A pesar de que la llamada de su abuelo le había levantado el ánimo, este se fue por el desagüe al llegar a la universidad. Vio el coche de Rhein aparcado en el estacionamiento y se le montó un nudo en la garganta, a la vez que se moría de la rabia por coger a Blake y soltarle un par de frescas; porque estaba segura de que él había sido el causante de que la vida se le hubiese caído encima. En el parking de motos y bicicletas vio la moto de Blake, a veces solía alternar el coche con la moto, según le daba. Enfiló hacia ella y le pegó una patada tirándola al suelo de la rabia. Ashley cogió un trozo de piedra puntiaguda y le hizo un rallón que no le costaría nada barato arreglar.

—¡Hala! y tan a gusto que nos hemos quedado, ¡maldito cabrón! —espetó Ashley quedándose tan a gusto, aunque a Lizbeth le pareció poco.

Entraron en clase y se sentaron en sus asientos como de costumbre, como lo habían hecho desde el principio del curso; Ash, Liz, Rhein y Blake, en ese orden, pero eso no sucedió. Rhein se sentó en la otra punta del salón y Blake sí que se sentó en su sitio, pero Lizbeth se cambió de lugar arrastrando con ella a Ashley que no se cortó y escupió:

—Hijo de puta. —Haciendo que a Blake se le abrieran los ojos de la sorpresa para, a continuación, sonreír irónico.

Blake supo que su veneno había matado la relación de Rhein y Lizbeth, y esperó al término de la clase para hablar con ella. Pero cuando quiso darse cuenta, ella ya estaba en el pasillo, tratando de que Rhein la escuchara. Este la empujó hacia la pared y Lizbeth cayó al suelo llorando, escondiendo su cara tras sus manos. Ashley se agachó, la abrazó y la besó en la cabeza. Blake corrió al encuentro de Liz, que no podía levantarse del suelo, el dolor por el rechazo de Rhein y la humillación de verse sentada en el suelo del pasillo llorando impedían que moviera un solo musculo.

—Liz, levanta —dijo Ashley—, ahí viene Blake.

Lizbeth descubrió su cara empapada en lágrima y observó como Blake venía hacia ella.

—¿Ya estás contento?, ¿esto es lo que querías? —Se levantó—, dime, ¿esto es lo que querías? —dijo con la voz ronca.

—No, deja que me explique.

—¿Explicar el qué?, ¿qué eres un hijo de puta manipulador?, ¿qué me has destrozado la vida?

—No, Liz, escúchame un momento. Rhein no es quien crees que es, te ha estado engañando, mi vida.

—¿Mi vida? ¡Una mierda, Blake! no me llames así, yo no soy tu vida —Lizbeth caminó queriendo dejarlo atrás, pero él se le adelantó a pesar de la barrera que Ashley hacía para que no se acercara a ella.

—Rhein te ha estado engañando —repitió.

—Serás hipócrita… Blake, déjalo. Déjala en paz y lárgate —dijo Ashley llevándose a Lizbeth

—¡Pregúntale quién es Catalina! —exclamó mientras se alejaban.

Lizbeth se giró mientras Ashley tiraba de ella.

—Ni puto caso, Liz. Es mentira, no vá a descansar hasta que acabes en sus brazos, no le creas.

Puede que fuera una mentira de Blake, pero a Lizbeth se le quedó grabado. Ambas amigas se fueron a comer y cuando acabaron las clase, a pesar de que Ashley le había dicho que llamara a Marck y le dijera que hoy no podía ir a trabajar, Lizbeth la ignoró y se fue al trabajo. Necesitaba despejarse. Esa tarde no hubo mucha venta, así que se la pasó leyendo y escribiendo notas y cartas para enviarle a Rhein con explicaciones y pidiéndole perdón, pero todas las desechaba a la basura. Cuando llegó la hora de cierre, Marck se ofreció para hacer la caja y dejar que Lizbeth saliera antes; la cara de Lizbeth no es que fuera un jolgorio, hasta el viejo Marck se había percatado que no estaba bien.

—Ya puedes irte, Liz. No tienes muy buena cara, deberías descansar.

—Gracias, Marck, se me pasará.

—Bueno, cualquier cosa, llámame. Si no puedes venir mañana porque no te sientes bien lo entenderé, es más, te doy el día libre mañana y no repliques, es una orden,

Lizbeth medio sonrió y aceptó la orden.

Al salir se le hizo extraño no ver a Rhein esperándola como cada noche y se le escapó una lágrima, caminó hacia el metro y a unos metros se paró. No iba a darse por vencida. No podía perder a Rhein y tenía que preguntarle quién era Catalina.

Paró frente al edificio de Rhein, el portero la recibió amable, como siempre.

—El señorito Rogers no ha llegado todavía. Si gusta puede esperarle en el recibidor.

—Gracias, Fernando, le esperaré arriba, si no te importa.

—Y, ¿no estará usted más cómoda aquí, señorita? —preguntó el conserje, extrañado.

En el recibidor estaría más cómoda, eso era cierto, pero ella se quería evitar el bochorno de ser rechazada por él ante todo el mundo.

—Sí, pero prefiero esperarlo arriba.

—Como quiera, señorita.

—Ah, y por favor, no le diga que le estoy esperando, es una sorpresa.

Lizbeth se subió al ascensor y fue hasta el piso de Rhein plantándose en su puerta, esperando a que llegara. Se sentó en el suelo. Ya había pasado más de una hora cuando Lizbeth se levantó dispuesta a irse cuando el ascensor se abrió y de él salió Rhein que se paralizó al ver a Lizbeth ahí parada delante de su puerta. Caminó hacia ella. A Liz se le tensaba el cuerpo a cada paso que él daba. Rhein sacó las llaves de su bolsillo ignorándola.

—¿Qué haces aquí?

—Necesitamos hablar.

—No tenemos nada que hablar.

—Por favor —susurró.

—Vete, Lizbeth, se acabó —dijo abriendo la puerta queriéndole cerrar la misma en la cara.

—¿Quién es Catalina? —Detuvo la puerta y Rhein la miró con los ojos abiertos «vaya, qué rapidez la de Blake, no pierde oportunidad», pensó.

—No es nadie, es solo una amiga. Por favor, Lizbeth, vete.

—No, necesito que me escuches, por favor. Sé que lo que hice no estuvo bien, estaba borracha y, sí, ya sé que eso no es una excusa, pero necesito que me perdones. No te pido que volvamos a estar juntos, solo que me perdones.

Una señora salió de su piso con una bolsa de basura y Rhein, que no quería que sus vecinos se enteraran de su vida, la hizo pasar. Entraron y a Lizbeth le dio apuro sentarse. Él dejó las bolsas que llevaba en la mano a un lado de la puerta y se quitó la gorra y el abrigo. Se giró hacia ella.

—¿Como pudiste hacer una cosa así? Yo nunca te he dado un solo motivo para que me fueras infiel. Estábamos bien. ¿Qué es lo que te llevó a acostarte con Blake?, ¿es que no soy lo suficiente bueno en la cama? o ¿es mi inexperiencia lo que te hizo buscarlo?

—¡Yo no lo busqué! y nadie ha dicho que no… joder, Rhein, el sexo no es lo que importa.

—Pero tuviste sexo con él.

—Sí, y estuvo mal. No debí beber tanto y mucho menos quedarme sola con él, pero Ashley me dijo que volvería pronto y, joder, no tengo excusa.

—Y, ¿quieres que te perdone?

—Lo necesito, te amo, Rhein, más que a nada en este mundo. Te juro por mi yayo que es lo que más quiero aparte de a ti, que pago por ello todos los días.

—Yo también te amo, Liz, pero si te perdono esto una vez ¿quién me asegura que no volverás hacerlo otra vez?

—¡No! No va a volver a ocurrir, porque si me perdonas, te juro que cambio el horario de mis clases para no coincidir con él. No volveré hablarle ni para darle la hora, ni siquiera a mirarlo a la cara, te lo juro por Dios.

—Necesito tiempo, Liz, necesito pensar, después de Navidad, no sé, dame tiempo

—Estaré en Nueva York en Navidad. Resulta que mi familia sigue manteniendo la casa de mis bisabuelos y vamos a pasar las fiestas allí.

—Ok, entonces nos vemos allí.

—Bueno… creo que es hora de irme, te dejo en paz. Ashley y Stacy tienen que estar llamando al FBI mínimo, hace más de dos horas que tenía que estar en casa.

—¿Quieres que te lleve?

—No, no quiero molestar, iré en metro o taxi, da igual.

—Insisto, estoy enfadado, pero no voy a dejar que deambules por ahí con el frío que hace y la nieve.

—Vale, si insistes…

Rhein cogió su abrigo y las llaves del coche, bajaron en el ascensor sin hablar como si fueran auténticos desconocidos, a Lizbeth le dolía esa situación, pero era eso o nada. Todo el trayecto hasta casa de Stacy fue en silencio, solo con la música de los Backs Street Boys de fondo.

—¿Tu familia tiene casa en Nueva York? —preguntó Rhein sorprendido, hasta donde le había contado Lizbeth, se habían ido de ahí hace ya más de tres décadas.

—Pues al parecer sí, no me lo han dicho ellos, me he enterado por mi tía Stacy que hablaba con su marido sobre eso una tarde que llegué; a mí también me extrañó porque mi yayo nunca me habló de eso.

—Qué extraño, ¿no?

—Pues sí, pero ya me explicaran ellos cuando vaya.

Esa pequeña conversación alivió a Lizbeth, no habían vuelto, pero le daba una mínima esperanza.

Rhein la dejó en la puerta de su casa, de la que salieron Stacy y Ashley preocupadas, pero al ver la cara de semi felicidad de Lizbeth, se relajaron. Ellas entraron y dejaron que se despidieran. Rhein se montó en su coche y cuando Lizbeth iba a cerrar, vio a Blake en su moto en la esquina de su calle vigilándola. No se acercó a ella, arrancó la moto y se fue tras Rhein. A Lizbeth le preocupó que Blake le siguiera y lo llamó varias veces, pero su móvil estaba apagado. Decidió esperar, igual se había dejado el móvil en casa.

Rhein se detuvo en un semáforo y Blake saltó de su moto dejando que esta rodara por el asfalto en marcha. Abriendo la puerta del coche de Rhein, sacándolo del coche por la pechera y tirándolo al frío y helado asfalto.

—¡No vuelvas a acercarte a Lizbeth! —gritó dándole golpes contra el suelo. Rhein consiguió levantarse y recibió un puñetazo que le partió el labio.

—¿Que vas a hacer? Matarme, ¿eh? o ¿darme golpes hasta dejarme inconsciente como a Hunter en baile de graduación, ¿eh?, Blake.

—No me provoques. No te acerques a Liz.

—¡Que te den!

Blake le agarró por el hombro y le asestó otro puñetazo haciendo que Rhein se golpeara contra la puerta del coche. Se dio la vuelta y le respondió al puño con uno en el estómago y otro en la barbilla y cogiéndolo de la cazadora, se lo pegó a la cara.

—No te acerques tú a mi novia o seré yo el que te mate, y créeme, no quedaré en una amenaza, hijo de puta —dijo tirándolo al suelo Blake, que se levantó y espetó:

—¿Vas a llamar a los matones de tu abuelo?, porque dudo que tengas los cojones ni para matar una mosca, ratoncillo —se mofó.

—No me subestimes —dijo subiéndose al coche y saliendo de allí.

No, su veneno no había matado a esa relación, solo la había herido, estaba furioso, se sirvió varias vasos de licor que no aplacaban su furia; fue hacia el baño, abrió en busca de sus pastillas. No podía permitirse perder el control, cogió el bote de píldoras y se puso unas cuantas en la mano, abrió el grifo del agua poniendo el vaso bajo el chorro y lo miró caer dejando caer con él las pastillas. Se miró al espejo fijamente, su respiración era entrecortada, la aletas de la nariz se le abrían y cerraban con furia. Apretaba los dientes y clavó su profunda mirada azul en su reflejo repitiéndose a sí mismo:

—Es mía, es mía —repitió como una letanía— . ¡Es mía! —gritó con la voz ronca.

5

Nueva York

—Y, ¿esta casa de quién es. papá? —preguntó Lizbeth bajándose del coche. Quedándose totalmente sorprendida por la casa que se alzaba ante sus ojos. Ashley se puso a su lado y Stacy, que llegaba en el coche de atrás con Liam, salió silbando.

—¿Quién tiene ahora un casosote?

—¿Yo? Esta casa es mía —Miró a su padre—, es decir, nuestra.

—Que tu abuelo te lo explique…

—Y tanto que me lo va a explicar.

El abuelo salió con los brazos abiertos a abrazar a su ratoncilla. Lizbeth le miró con cara de reproche por haberle omitido que tuvieran una casa de tales magnitudes, porque aquello no era una casa grande no, era una mansión.

—Y ¿esta casa, yayo?, ¿dónde la tenías escondida? —No hubo tiempo para contestar las primas de Lizbeth salieron corriendo a saludarla.

—¿¡Qué hacéis aquí!? —exclamó feliz por ver a sus primas y extrañada, sabía que su familia estaría ahí, pero no toda.

—El yayo, que nos ha pagado los billetes a todos y aquí nos hemos plantado.

—¿Con qué dinero, yayo? Me tienes que dar muchas explicaciones.

Al decir esto, Margot salió de la casa acercándose a su nieta y dándole unos cuantos besos de yaya, de esos que te hacen pasar vergüenza, de aquellos que cuando acaban te duele hasta la cara.

—Mi niña, qué guapa estás. Has cambiado, nena, tu mirada es diferente más…, más adulta —dijo.

—¡Uy, adulta! ¿Esta? —señaló a Lizbeth—. No madura ni a palos —dijo Sonia que arrastró a su prima hacia el interior de la casa—. Para flipar, a que sí, aunque no me extraña, con lo tacaño que es el yayo, no te extrañe que tenga una casa también en el pueblo ese donde van los ricos y famosos de aquí.

—Los Hamptons —convino Lizbeth.

—Ese mismo.

—Y ¿mi madre?, no la he visto, ¿dónde está?
—Antes de que acabara de preguntar por su madre, esta salió con una tarta de cumpleaños, porque era el cumpleaños de Lizbeth.

Happy birthday, mi honey,

happy birthday to you

—¡Feliz cumpleaños! —gritaron todos y Lizbeth se echó las manos a la cara con las lágrimas resbalando por su cara, porque si no era suficiente con el parecido con la tía abuela Lizbeth Marie, había nacido el mismo día que ella, el dieciocho de diciembre.

—Se me había olvidado mi propio cumpleaños por las ganas de veros, madre mía.

—Feliz cumpleaños —musitó Ashley enseñándole su móvil. Se lo había dado a ella, a Lizbeth no le gustaba llevar bolsos. Le enseñó un mensaje de Rhein

Feliz cumpleaños, mi amor. ¿Podemos vernos en Central Park? Sé que acabas de llegar y estás con tu familia, pero necesito verte.

—Lo acabo de encender y he visto el mensaje.

—Fiu, fiu, mi amorrr —silbó Sonia mofándose de su prima—, ¿quién es el desgraciado? ¡Yayo, Lizbeth tiene novio!

—Cállate, Sonia, ¡por dios! Perdón, Ashley, por esta loca —dijo poniendo los ojos en blanco.

—¡Que no soy tu abuelo, loca del culo!

—¡Yayooo! —exclamó Lizbeth.

Ashley rio.

—Te presento a Sonia, Natalie y este apéndice que me salió, es mi primilla Tiffany, la más pequeñilla y la más bonita de todas —dijo enmarcando de su prima que no se le despegaba.

—Tata. Hoy sesión de belleza, eh, que a saber las uñas que me llevas.

—Un horror cariño, un horror.

—Madre míaaaa… Ay, tata —suspiró la nena—, siempre, tan despistada.

—No voy a cambiar nunca, enana.

—¡Nena! subid a las habitaciones y cambiaos que cenamos en una hora —ordenó Margot que salía de la cocina dando instrucciones a las doncellas que había recomendado Yanelis.

—Vale, yaya. —Todas subieron a la habitación de Lizbeth y esta flipo con lo grande que era.

—Y así todas. Las doce —informó Sonia entrando en la habitación seguida de sus hermanas.

—¿Doce? estoy flipando.

Dejó su maleta sobre la cama y pidió el móvil a Ashley que se lo cedió, sus primas curioseaban por la habitación, ya lo haría ella cuando contestara al mensaje de Rhein.

Vale, nos vemos allí.

Rigoberto explicó sin dejarse un detalle, al menos, eso le pareció a Lizbeth y al resto de la familia.

La familia Montesinos emigró a los Estados Unidos, hace más de cincuenta años, desde Cuba por negocios; eran una familia adinerada e influyente, en su país tenían campos de cañaverales de azúcar con el que elaboraban el ron y campos de tabaco que exportaban a todas partes del mundo.

Él tatarabuelo Manuel Montesinos lo había heredado de su amo, al fallecer este; el cual no tuvo descendencia y su tatarabuelo, que había sido su mano derecha, casi como su hermano, le dio la libertad y con ella su apellido y todo lo que poseía, que no era poco.

El bisabuelo se asoció con otra familia y se vinieron aquí a Nueva York; y así de escueto fue lo que contó Rigoberto. No quería contar una historia interminable y ¿por qué había hecho pasar a su familia por penurias en España? Pues según él, el dinero lo maneja el diablo y ver lo que pasó con su familia, que tuvieron que huir por ese motivo, el dinero, no quiso coger ni una PESETA.

—Y ¿ya está?, ¿eso es todo? No entiendo nada —dijo Danniel, el padre de Lizbeth, rascándose la cabeza como si así se fuera activar un botón que le hiciera entender lo que su padre les estaba contando.

Margot agitó la cabeza en negación mirando a su esposo.

Lizbeth y las chicas pidieron permiso para salir tras la cena, Rigoberto quiso protestar, pero Danniel aceptó.

—Papá, son jóvenes y se tienen que divertir.

—Gracias, papá. —Miró con agradecimiento a su padre y sacándole la lengua a su abuelo que puso los ojos en blanco y enfiló hacia la sala de televisión.

Ashley pedía el coche a su padre puesto que era la única que conocía cómo llegar a Central Park.

Cuando llegaron, Rhein ya las estaba esperando, bueno, esperaba a Lizbeth, pero sin su sequito no hubiese podido salir sin dar explicaciones. Le aterrorizaba que su abuelo se enterara que tuviese novio. Rigoberto no era como su hijo, él era mucho más protector. Danniel comprendía que Lizbeth ya era mayor de edad y tenía todo el derecho de tener un noviete, él y todos, menos Rigoberto.

—Hola… —suspiró Lizbeth con timidez. No habían vuelto hablar desde su última conversación, ni siquiera se atrevía a saludarle con un beso tímido en la mejilla, pensó en darle la mano, pero le pareció frío. Sin embargo, Rhein se acercó a ella y le plantó un beso de estos que te dejan sin aire.

—Feliz cumpleaños. Tengo una sorpresa para ti —dijo sin reparar que detrás de ella estaban Ashley y sus primas Sonia y Natalie.

Lizbeth se abrazó a él como a la vida, lo echaba mucho de menos, el silencio que había imperado en ellos desde la última vez había hecho que ella se prepara para darse por vencida.

—Ay, qué maleducada, no te he presentado a mis primas. Ellas son Sonia y Natalie.

Rhein se acercó a ellas, les dio dos besos a cada una y comentó:

—Sé que en España se dan dos besos.

—Dos y ¡tres! los que quieras… qué guapo tu novio, ratoncilla —miró a Rhein—. ¿No tendrás un hermano gemelo? Aunque un mellizo ya me va bien.

—Sonia. —Lizbeth la fulminó con la mirada, le estaba haciendo pasar vergüenza.

—Pues no, lo siento. —Sonrió.

—Qué lastimaaa… —Suspiró Sonia y soltó una carcajada.

Lizbeth miró a su prima atravesada.

—Perdona que las trajera, pero como es la primera vez que vienen, aunque la mía también, no pude dejarlas en casa. La ciudad está tan bonita con la decoración navideña, y las luces son preciosas, hipnóticas. —Rhein la miraba bobalicón abrazado a su cintura—. Y ¿cuál es la sorpresa?

—Hola, Ashley, perdona que no te he saludado. —Ashley estaba al teléfono y Rhein no quería molestar, cuando esta colgó el teléfono se acercó a los enamorados.

—Nada, estaba en una llamada. —Miró a Lizbeth y le comentó que había quedado con Lily y Chloe en un bar. Rhein afirmó diciendo que conocía el sitio, pero que antes de ir quería dar su sorpresa a Lizbeth y que necesitaba de su ayuda.

—¿La ayuda de Ashley?, ¿Para qué? —preguntó enarcando una ceja.

—Sí —dijo sacando un pañuelo de su bolsillo—, para que no hagas trampas.

—Pues sí que te conoce sí, prima —afirmó Natalie, que al ser la más tímida de todas había permanecido en un segundo plano.

—Y, ¿para qué la venda?, ¿me vas a secuestrar o qué?

—Ya me gustaría a mí, pero no, es para que no veas la sorpresa porque si no, no sería una sorpresa —dijo y le vendó los ojos.

—Ay qué nerviooos…

Rhein la cogió del brazo y la guio hasta su coche torpemente, con la ayuda de Ashley que se aseguraba que Lizbeth no se quitaba la venda. Entraron en el coche. Sonia y Ashley se montaron en el del padre de esta y siguieron a Rhein. Natalie cogió el relevo de Ashley en la vigilancia de la tramposa de Lizbeth.

—Naty, no hace falta que me pongas las manos en los ojos. No voy a hacer trampa.

—Sí, ya, como si no te conociera. No me hables de que me lías.

Rhein dio una risotada.

—Ya estamos, solo tengo que buscar aparcamiento, unos minutos más, mi amor —dijo haciendo que a Lizbeth se le revolviera el estómago de los nervios y porque Rhein le volvía a llamar mi amor, eso confirmaba que habían vuelto y estaba feliz. Rhein aparcó, se bajaron y caminaron unos metros.

—Uy, pero aquí hace calor y hay mucha gente —dijo en un intento de adivinar donde estaban.

—Naty, dame una pista, que este no me la va a dar.

—Te va a encantar, Lizzy, en serio —habló con tono emocionado.

—Ay, quiero quitarme esto ya.

—¡No! —exclamaron Rhein y su prima al unísono—. Vamos a esperar a tu prima y Ashley para que nos encuentren y te quito la venda —dijo Rhein que sabía que su chica estaba histérica. Música navideña empezó a sonar. Ashley y Sonia aparecieron

—¡Joder! Liz, vas a flipar —exclamó Sonia.

—Ay, Dios. Se me sale el corazón del pecho.

La música sonaba, villancicos y ruido de gente, mucha gente. Rhein se abría paso entre la gentío y, de repente, se pararon.

—¿Ya?, ¿ya me puedo quitar esto? —preguntó nerviosa y dando brinquitos.

—Espera, ratoncilla, espera. No seas impaciente.

—¡Dios, Rhein! sabes que lo mío no es la pacienciaaaa.

—Espera, ya falta poco.

Entonces todo el mundo se puso a contar cuenta atrás, y al cinco Rhein le quitó la venda a Lizbeth. El lugar estaba aparentemente oscuro y lleno de gente. Un estruendo de luz iluminó la cara de la emocionada Lizbeth, parecía una niña que acababa de conocer a Santa Claus. El árbol del Rockefeller Center se presentó ante ella con toda su majestuosidad y magia, oficialmente ya era navidad en Nueva York. Lizbeth se echó las manos a la boca y una lágrima de emoción se le escapó.

A ella le encantaban los árboles de navidad; de todos, era la primera en madrugar, ir al desván de casa de su abuela, sacar el árbol y todas las luces más la decoración y empezar a montar el árbol.

Cuando Sonia, Natalie y Tiffany llegaban, Lizbeth tenía medio trabajo hecho; el único trabajo que les quedaba a las demás era preparar el chocolate caliente con nubes y mirar como Lizbeth engalanaba el árbol de casi dos metros. Lo que más le gustaba eran las luces. Y eso Rhein lo sabía porque se lo había contado. Y ahora se lo había regalado. Si ya estaba enamorada, ahora más. Miró a Rhein embelesada, a este se le encogió el corazón.

—¿Te gusta, mi amor? —preguntó. Sabía la respuesta, pero quería oírsela decir.

Lizbeth le agarró del cuello y le asaltó dándole un beso de tornillo que hizo que los cientos de personas que ahí se encontraban se volatilizaran, la música desapareciera y solo les rodeara la mágica luz del inmenso árbol.

—Oooh... —suspiraron Ashley y sus primas.

—Me encanta, mi vida. Gracias, es el mejor regalo de cumpleaños —respondió ella a milímetros de sus labios. Él notó el calor de su aliento y se le endureció el pantalón. Lizbeth soltó una sonrisita.

—¡Idos a un hotel! Par de cursis —exclamó Sonia. Y eso es lo que hicieron, porque Rhein había reservado habitación en el Hotel Plaza. Ashley protestó, pero la entendió. Liz pidió que se disculpara con Lily, que se verían otro día.

—Polvo de reconciliación —susurró Ashley al oído de Sonia.

—Reviéntalo, prima.

—La madre que la parió ¡cállate, verdulera! —gritó Lizbeth alejándose encaramada a la cintura de su chico.

Ashley encontró fácil el sitio, estaba cerca de donde habían dejado el coche. Fueron a pie, fuera les esperaban Lily y Chloe. Ashley presentó a las primas de Lizbeth a cada una.

—Y ¿dónde está Liz? —preguntó Lily.

—¿Tu qué crees? —respondió.

—¿Han vuelto? —preguntó Chloe, en ese momento salió Robert, Ashley volvió a las presentaciones.

—¿Dónde está Liz? —preguntó mirando a todas partes por si ella se atrasaba, emocionado.

—No ha venido, está con Rhein —dijo a Robert al que se le desencajó la cara.

—Pues ya la estás llamando, porque le tenemos una sorpresa ahí dentro.

Lily asintió preocupada.

—¿Qué pasa? Yo no puedo llamar ahora a Liz, debe de estar metida en faena y como que no le voy a cortar el rollo, ya ha sufrido bastante por no estar con Rhein como para que ahora venga yo y le corte el rollo.

Antes de que pudiera acabar oyó:

—A ver, chocho loco, yo sé que estás metida ahí en situación, pero tira para el bar donde están tus amigos.

Sonia, ni corta ni perezosa, había llamado a su prima, gracias a que aún no habían llegado al hotel.

—¿Qué pasa, Sonia? Tía eres una corta rollos, ¿lo sabes?

—Lo sé y me importa tres pitos. Que te vengas.

—Que la dejes, Sonia, joer, qué pesada eres —dijo Natalie compadeciéndose de su prima.

—Tú te callas —Natalie se sonrojó y obedeció a su hermana mayor.

—Perdona, ¿Sonia te llamabas? —preguntó Robert bajo la mirada lasciva de Sonia que hasta roja se había puesto—. Préstame el teléfono un momento, bonita —Sonia le pasó el teléfono roja como un tomate, en su vida había visto a un hombre tan guapo y alto como Robert, con aquellos brazos tan marcados y esos ojos verdes que le quitaban el hipo a un hipopótamo.

—Es gay —susurró Ashley.

—Eh, ¿qué?

—Pásame a tu novio —dijo entre dientes y malhumorado.

—Hola, eh —dijo Lizbeth y le pasó el teléfono a Rhein diciéndole que Robert quería hablar con él.

—Dime, Robby.

—Déjate de Robby, y tráeme a Liz aquí ahora mismo —ordenó.

—Estábamos…

—¡Estabais!, tú lo has dicho, me importa una polla lo que hagáis luego, pero me la traes o ¿te crees que eres el único en su vida?

—Te recuerdo que yo os la presenté.

—Lo que te dé la gana, Rhein, pero tráela.

Robert no quería discutir con Rhein, se lo estaba poniendo difícil. Después de lo que había pasado entre ellos, Rhein necesitaba estar a solas con ella y que Robert, el hermano de su rival, le estuviese exigiendo la presencia de su novia, no le gustó en absoluto, al final terminó cediendo, por Lizbeth.

—¿Desde cuándo Robert tiene tanta autoridad sobre ti? —preguntó Rhein.

—Somos amigos, Rhein, no vayas a pensar nada extraño.

—No lo pienso, pero él y Blake están muy unidos, como Blake esté en el bar… nos vamos.

—Por supuesto, amor. No hace falta que lo digas dos veces.

Cuando iban acercándose al bar divisaron a los que les estaban esperando allí impacientes.

—Bueno, ya era hora. —Se acercó Robert a Lizbeth y la cogió en brazos mientras le felicitaba—. Feliz cumpleaños, preciosa —dijo y le lleno la cara de besos—. ¿Pensabas pasar tu cumpleaños sin nosotros?

—Recuerda que te hemos adoptado —dijo Lily acercándose a ella y dándole un abrazo. Chloe fue la siguiente.

Lizbeth sonrió y les agradeció acordarse de ella el día de su cumpleaños. La llevaron hasta adentro dejando a Rhein detrás malhumorado.

Natalie se percató de su enfado y se acercó a él.

—¿No te caen bien? —peguntó.

Rhein la miró y sonriéndole le contestó:

—No es que no me caigan bien…, hay alguien de ese grupillo que espero que tenga vergüenza y que no venga, uno al que no soporto.

—Blake, ¿verdad? Mi prima me lo ha contado, hablamos mucho por teléfono. Yo soy la prima psicóloga y Sonia…, como verás, la de las fiestas.

—Ya veo, ya.

—No te preocupes de ese chico. Sé que Lizzy metió la pata y hasta el fondo, pero puedo asegurarte y meto las manos en el fuego del infierno por mi prima, que está enamorada de ti hasta las trancas y mira que enamorar a Lizbeth Montesinos no es fácil, es muy selectiva; en Badalona todos los chicos de la calle y del instituto dejaban ríos de baba a su paso, pero para ella esos chicos eran invisibles y ¿sabes por qué? Porque es una mujer que sabe lo que quiere y una tortolita, cuando se enamora ahí se queda.

Rhein le sonrió se sintió un poco aliviado, por la parte que se refería a su chica, pero Blake, él era otro asunto.

****

—Blake, relájate, todo está solucionado, tenemos el dinero que es lo único que le importa a Santos, ya está. Relájate —dijo Hunter intentando calmar a Blake.

Alguien se había chivado que habían robado mercancía del almacén y estaba fuera de sí.

—¿Tú no tienes que irte con tu mujer embarazada? —espetó dándole un trago a la copa que estaba tomando.

La música era atronadora, estaba oscuro, solo les iluminaban las luces de neón.

—Tú no estás así por lo de la mercancía. Estas así por la tal Lizbeth —sentenció Hunter haciendo que Blake volteara la cara para mirarlo.

—¿A ti qué cojones te importa?

—Me importa, porque ahora que hemos enterrado el hacha de guerra…

Blake interrumpió.

—No te lo creas tanto, si no hubieras aparecido en los Hamptons y preñado a Gianna yo no estaría aquí.

—De una forma u otra sí, o ¿pensabais no volver ni en navidades?

Un chico se acercó a Blake.

—Lo tenemos.

Blake levantó la mirada y con él Hunter. Salieron de la discoteca dirección al puerto.

En el coche estaba Meghan que les esperaba. Habían descubierto quién había robado la mercancía de coca; para sorpresa de Blake, uno de sus mejores hombres le había traicionado robándole, eso no lo podía permitir. Santos le había enseñado que el respeto al patrón era lo primero y que si uno de sus hombres le faltaba al respeto y traicionaba su confianza lo mejor era deshacerse de él.

Llegaron al puerto y entraron en la nave. Había tres chicos, uno de ellos maniatado a una silla en medio de la nave casi vacía, solo algunas cajas de madera salpicadas por el sitio. El chico tenía la cara hinchada y sangraba por un ojo.

—Desatadlo —ordenó Blake.

Cuando lo desataron, el pobre chico no se podía mover, lo habían torturado para que hablara y estaba muy malherido, el pobre solo pudo musitar un lo siento que Blake no oyó bien.

—¿Qué has dicho, Jimmy? No, no, no te he oído bien —dijo acercándose al muchacho.

—¡Lo siento! —gritó—, los italianos me amenazaron con matar a mi vieja. Admítelo, Blake, estamos trabajando en los terrenos de la mafia italiana y Santos no ha firmado ningún pacto con ellos.

—¿Y crees que a mí me importa?, dime Jimmy ¿¡Me importa!?

—No —Lloró—, no quiero morir.

Blake soltó una risotada mirando a Hunter y a Meghan que estaban abrazados y apoyados en el capó del coche donde habían venido riéndose.

—Qué curioso, Hunt, no quiere morir dice. —Volvió a reír—. Ni yo tampoco y es curioso porque todos quieren ir al cielo, pero nadie quiere morir. No me jodas, Jimmy.

Uno de los chicos se sacó un arma de detrás de la espalda y se la cedió a Blake.

—Has elegido un mal día para dejarte pillar, colega.

—Blake, por favor. Haré lo que quieras por favor, no me mates, Melanie está embarazada, esperamos un hijo, por favor… no me mates. —Lloró desesperado.

—Pues debiste pensar en tu bebé antes de traicionarme.

Le puso el arma en la frente, quitó el seguro y, bajo las suplicas del reo, disparó.

Hunter dio un respingo en su posición y empujó a Meghan que cayó al suelo blanca como la cera, jamás se había imaginado que Blake tuviera los santos cojones de matar a nadie, pero lo hizo. Tuvo ganas de vomitar.

—¿Qué has hecho, te has vuelto loco? —exclamó.

Blake sacó un pañuelo del bolsillo del abrigo, uno de los chicos le acercó una botella de agua y humedeció el pañuelo pasándoselo por la cara y limpiando el arma.

—Desaparece esto —dijo dándole el arma.

—Blake, ¿qué has hecho?

—He hecho lo que tenía que hacer y a partir de ahora, mucho cuidado con los despistes.

—Te has vuelto loco, tú no eres así. ¿Cuánto llevas sin tomarte la medicación? —Se preocupó Hunter por el estado mental de su amigo.

Blake sonrió maléfico, en su mirada había rabia, ira, furia.

—Deshazte del cadáver. No sé, quémalo, fúndelo, tíralo al rio… ¿las balas están configuradas? —preguntó a uno de los chicos.

—No, señor.

—Muy bien, Maxwell, dadle una compensación a Melanie una que pueda vivir unos años con el bebé.

Sin más, se fue con los que había venido. Se montaron en el coche. El chico que conducía le pasó una camiseta. La que llevaba tenía una pequeña salpicadura de sangre y apestaba a pólvora. Se la quitó y se cambió metiéndola en una bolsa de plástico que le dio al que conducía. Miró a Meghan.

—¿Tienes frío? —preguntó.

Meghan negó con la cabeza aterrorizada, estaba temblando. Hunter, que estaba sentado en la parte de copiloto, se giró y le puso una mano en la rodilla para intentar que se tranquilizara. Él también estaba nervioso.

—¿Sabe Gigi de lo vuestro?

—No, pero lo sospecha, aunque no creo que le importe mucho.

—Ya, eso es lo que pasa cuando te aferras a una persona y haces hasta lo imposible por separarla de la persona que ama.

—Blake, basta, os hice un favor. Sois primos, ¡por el amor de Dios!, eso es asqueroso y absurdo, por no decir enfermizo, aunque visto lo visto, no me extraña nada de ti.

Blake sonrió.

—Dejadme aquí. Tengo que ir a una fiesta de cumpleaños.

Tal y como ordenó, lo dejaron a dos manzanas del bar. Caminó un rato y llamó a Robert.

—¿Está ahí?

—Sí, pero no te va a gustar. Ella y Rhein han vuelto.

Blake entornó los ojos y suspiró.

—No importa, lo único que quiero es verla y felicitarla.

—Blake, no la líes… que ya me ha costado convencer a Rhein para que se quede.

—¿Quién cojones se cree Rhein qué es?

—¿Su novio?

Blake colgó la llamada y entró.

—Mierda… —maldijo Lily entre dientes al ver aparecer a Blake. Chloe miró a Robert sin saber qué hacer.

Rhein y Lizbeth, ajenos, se dedicaban mimos y arrumacos deseando largarse de allí. Sonia ya flirteaba con un chico de la mesa de al lado haciendo pasar vergüenza a Natalie que empezaba a dudar si compartían la misma cadena genética.

Dos camareras se acercaban cantando cumpleaños feliz a la mesa; haciendo que Lizbeth se emocionara en los brazos de su chico. Sopló las velas. Todos aplaudieron y felicitaron, ignorando por completo a Blake que se acercaba sigiloso a la cumpleañera y cuando estuvo cerca, le tocó el brazo. Lizbeth se sobresaltó. La felicitó como si no hubiese pasado nada. Entregándole un regalo que ella ignoró y puso sobre la mesa con los demás.

Rhein saltó de la silla y lo empujó.

—Lárgate de aquí.

—He venido a felicitar a Lizbeth por su cumpleaños. No sabía que estaba prohibido felicitar a la gente.

—Vete a la mierda, Blake, muchas gracias por tu felicitación. Ya me has felicitado. Ya te puedes largar —dijo Lizbeth nerviosa.

Calmó a su chico poniéndole la mano en el pecho y frenándole para que no le partiera la cara.

—Muchas gracias por la tarta, chicos, es preciosa, pero nosotros ya nos vamos, guardadme un trocito.

—Blake, vete, nos estás aguando la fiesta —dijo Chloe intentando llevarse a Blake. Este se paró.

—El imbécil este te pone los cuernos y vuelves con él, vaya, Liz… no sabía que tenías tan poca estima por ti misma.

—Se acabó, yo le parto la cara.

—Cálmate, amor.

—Pues, mira, la misma que la tuya. Por andar arrastrándote, rogando amor. Ah, bueno, pero tú estás acostumbrado, ¿no? Con eso que estás enamorado de tu prima…

—Hostia…, te pasaste, Liz —dijo Ashley.

—¡Me tengo que pasar! porque no entiende que no quiero nada con él.

—Vámonos, Blake. Por favor —rogó Chloe.

Blake asintió con los ojos vidriosos.

—Muy bien, Liz, tú ganas. Me has dado donde más me duele. Pensé que podíamos ser amigos. Pero ya veo que no.

—¡Amigos! Serás cínico —exclamó Rhein cogiendo a su chica y yéndose del lugar. Lizbeth no opuso resistencia, siguió a su chico. Y mandó un SMS a sus primas diciéndoles que se veían en la puerta de casa a las cuatro.

La pareja se fue al hotel. En la habitación, Lizbeth intentó calmar a Rhein, estaba furioso.

—Mi vida, cálmate, por favor, es mi cumpleaños. No puede aguarnos el momento.

—Lo sé, cariño, perdóname, es que me pone enfermo.

Lizbeth le sentó en el sofá y le dio un suave masaje en los hombros, se había tensado de los nervios. Rhein le cogió una mano y se la besó tirando de ella y poniéndosela encima acurrucándola como si fuera una niña pequeña, frágil y delicada. Ella se dejó consentir. Rhein se inclinó besándola con ternura, poco a poco el beso fue subiendo de intensidad y se levantó del sofá alzando a Lizbeth en sus brazos sin dejar de besarla y la llevó a la habitación. La echó sobre la cama, se quitó el jersey y la camiseta que llevaba puesta. Lizbeth se inclinó apoyándose en los codos. Algo en él había cambiado, había perdido algo de peso y estaba un poco más musculado.

—¿Estás yendo al gimnasio?

Rhein sonrió enseñándole el brazo.

—¿Se nota? —presumió de bíceps.

—Y tanto que se nota. —Se incorporó poniéndose de rodillas, tocando los músculos del brazo. Para después bajar las manos hasta su cinturón desabrochándolo y con él el botón del pantalón.

Él le quitó el jersey, levantó su barbilla para besarla, introdujo su lengua y se la pasó por el labio inferior dándole un ligero masaje.

Ella le bajó la cremallera y el pantalón cayó al suelo, Rhein se quedó en gayumbos, su polla estaba dura y ansiosa de encontrarse con la vagina de Lizbeth, que se desabrochó el sostén.

Rhein volvió a tumbarla y le quitó los pantalones quedándose solo con las braguitas que ya estaban húmedas de la excitación. Introdujo sus dedos pulgares en las gomillas de las braguitas y se las quitó haciéndolas desaparecer. Le pellizcó un pezón. El calor de su vagina era casi doloroso.

—Te he deseado tanto estos días —dijo Rhein.

—Y yo a ti te he echado tanto de menos que creí que me moría.

—Te amo, Liz —dijo y asaltó su boca fiero.

Liz notó como el calzoncillo de Rhein se humedecía encima de su vagina con la presión de su polla en ella. Le ayudó a quitarse el opresor calzoncillo liberando el miembro. Liz lo acarició con suavidad de arriba abajo, haciendo que Rhein inhalara y exhalara excitado por sentir la mano de su chica acariciándole. Él hizo lo propio, acarició su clítoris y separó sus pliegues para introducir su lengua devorando su sexo, hambriento, viajando a su clítoris, succionándolo y haciendo círculos con la lengua alrededor de este.

Lizbeth se inclinó impidiendo que Rhein le hiciera llegar hasta el orgasmo y lo obligó a tumbarse en la cama ella, le besó e hizo un camino de húmedos besos por su vientre hasta llegar a su sexo. Pasó la lengua por su febril y dura polla, haciendo círculos alrededor de su glande.

Él soltó un gemido que hizo que sus pezones se endurecieran, se lo introdujo en la boca saboreando el sabor de su chico que ya protestaba. Quería introducirse en ella.

Lizbeth se puso de rodillas de espaldas a él y se inclinó hacia adelante ofreciéndole lo que él tanto deseaba, la acarició un momento y se introdujo en ella empalándola y envistiéndola, haciendo que Lizbeth gritara de puro placer, le dio la vuelta y la agarró por las piernas sentándola sobre él, ella lo rodeó con sus piernas moviéndose de arriba abajo, haciendo círculos con sus caderas. Besándolo y gimiendo al compás.

La tumbó sobre la cama y siguió envistiéndola de forma cada vez más frenética. Liz se agarró al cabezal de la cama y gritó al éxtasis del orgasmo que explotó en ella. Rhein la siguió al sentir como las paredes de su vagina se contraían y apresaban su polla para después liberarlo de forma súbita. Dio tal bramido que a ella se le erizó la piel.

6

Lizbeth llegó tarde, una hora tarde, Ashley y sus primas estaban escondidas tras unos arbustos esperándola y procurando que no las pillaran.

Ella se bajó del coche despidiéndose una vez más de Rhein. Metió medio cuerpo por la ventanilla y lo besó.

—Buenas noches, ratoncillo, te amo.

—Yo más…

—No empecemos, porque no acabamos.

—Liz, Liz —se oyó un murmullo—. Que el yayo esta despierto, termina ya con la despedida que nos pillan —susurró Natalie.

—Ya voy —dijo y miró de nuevo a su chico—. Te amo.

Rhein llegó a su casa, flotando en una nube. Eran casi las seis de la mañana.

Su abuelo ya se había levantado. Al viejo, no tan viejo, le gustaba salir a correr, es má,s para su edad era bastante atractivo, un *"Sugar Daddy"* como lo llaman ahora, ningún hombre se resistía a su encanto. El abuelo de Rhein era gay, siempre lo había sido, pero su familia, avergonzada de su condición, lo casó con la difunta abuela de Rhein. Al morir esta, se liberó dejando con la boca abierta a toda la clase alta de la sociedad de Nueva York. A su familia no le sorprendió porque nunca los engañó, es decir, a su hijo y a su nieto. De puertas para adentro era quien era y no lo iban a cambiar y Samantha, que así se llamaba su esposa, lo supo desde el mismo día que lo conoció. Cómo no saberlo, si ella era la enfermera que lo cuidaba.

Sus padres engañaban a todo el mundo diciendo que su hijo estudiaba en un internado en Suiza, mentira, lo tenían recluido en Suiza, pero en un psiquiátrico, para homosexuales.

Un médico suizo aseguraba curar la homosexualidad con tratamientos revolucionarios que aseguraban que esto era un problema psíquico y que tenía cura, un tratamiento que no era más que electrochoques y torturas. Ella se enamoró enseguida, a pesar de su condición, y lo seguía a todas partes con la excusa de ser su enfermera.

—¿De dónde vienes? —Asaltó el abuelo a su nieto.

El encogió los hombros, tímido.

—Hueles a mujer —dijo y le sonrió dándole una palmadita en la espalda—, muy bien chico, aunque me he decepcionado pensé que…

—¡Abuelo!

—¡Perdón!, como nunca traes a ninguna chica y te las pasas metido en tu habitación leyendo, pensé que tus orientaciones sexuales, como dice la tonta de tu madre, eran las mismas que las mías. Estaba a punto de presentarte a un chico ¡aunque! El chico de los Jonhson no está nada mal.

—¿Quién?, ¿Robert? Abuelo, por favor.

—Y ¿cómo se llama la chica? porque conociéndote tiene que ser una chica con tus afines, seguro es de buena familia.

A Rhein le gustó tener esa conversación con su abuelo, estaba muerto de sueño, pero no le importó quedarse unos minutos más en lo que su abuelo hacia el calentamiento para salir a correr.

—No estás equivocado, le gusta lo mismo que a mí, es una chica muy, demasiado, inteligente y divertida. Pero no, para tu desgracia, no es millonaria ni heredera de nada. Es española y estudia conmigo en la universidad, la conocí ahí

El abuelo hacía sus calentamientos y escuchaba a su nieto.

—Bueno… ¿cómo se llama la afortunada de llevarse a un Rogers?

Iba a hablar cuando su padre interrumpió.

—¿Dónde has estado toda la noche? Nos tenías muy preocupados a tu madre y a mí. Tu hermana no ha podido dormir sin que le leas su cuento.

—Deja al chico, estaba con una chica — anunció saliendo por la puerta dando trotes.

—¿Una chica? ¿Habrás usado precauciones?

—Me voy a dormir, tengo sueño.

—A las doce nos vamos a buscar el árbol, Rhein.

—Si, sí… —dijo levantando un brazo y subiendo por las escaleras dirección a su cuarto. No podía dormir. La sensación de Lizbeth entre sus brazos le robaban el sueño. Sí, Lizbeth le había sido infiel con Blake, pero la amaba, le perdonaría cualquier cosa.

Blake tenía fama de conquistador, de llevarse a cualquier mujer a la cama, a la vista salta que fue capaz de hacerlo con su propia prima hermana, y Lizbeth no iba a ser una excepción, ya en el bar donde se la presentó había visto como la miraba. Y la pelea que tuvieron vino a certificar que Blake se había encaprichado de ella. No estaba dispuesto a dejar a la única mujer que ha sido capaz de amarle sin mirar su apellido, una mujer con la que podía hablar de todo, una mujer que le había hecho y le hace disfrutar del sexo así de esa manera, perdiendo el control sobre sí mismo. Adoraba el bamboleo de las caderas de Lizbeth entre sus piernas y las sensaciones que a su piel y a sus sentidos causaba. Ella era suya y él de ella, por completo en cuerpo y alma.

Se durmió pensando en ella, solo le despertó el sonido de su hermana Lola correteando por el pasillo. Tenía sueño, había dormido tan solo dos horas.

Se levantó de la cama y abrió la puerta de la habitación.

—¿Zonde eztabaz, Rhein, te ezperé para que me leyeraz el cuento de Juan Ramón? —dijo la nena de seis años a la que se le acababan de caer las dos paletas, de ahí su ceceo que le era tan gracioso a Rhein.

—Eztaba con una chica.

Lola abrió los ojos al mismo que la boca dejando ver su melladura.

—No le cuentes esas cosas a tu hermana, hijo. ¡Lola!, a la bañera.

—Jo, mami —se quejó la niña saltando de la cama de su hermano.

—De, jo, nada, señorita, vamos… o no vamos a por el árbol.

—¡Jope!

Kelly, así se llamaba la madre de Rhein, dio una palmadita en el trasero a la nena que se fue rezongando al baño.

—Así que una chica… —Entró en la habitación de Rhein a ayudar a las mucamas a deshacer la cama, a ella le gustaba colaborar con la casa. No quería que su suegro pensara que era una mantenida, ella procedía de una familia humilde—. ¿Cómo se llama la afortunada?

—Lizbeth.

—Uhm…, bonito nombre; seguro que es preciosa.

Rhein corrió a su mesita y le enseñó a Kelly una foto de Lizbeth la madre la agarró e inhaló.

—Es guapísima, cariño —dijo acariciándole la cara—. Y dime, ¿vais en serio?

—Creo que sí.

—¿Cómo?, ¿crees que sí?

—Mamá, somos muy jóvenes todavía.

—Tu padre y yo nos conocimos cuando él iba a la universidad y aquí estamos, cariño, veinte años después; si la quieres, hijo, no pierdas ese tren, porque se ve que es una chica preciosa y no solo de cara.

—Sí… —Suspiró.

—Ay, pero qué bonito te ves enamorado, anda, deja que las mucamas terminen de hacerte la habitación y prepárate para ir a por el árbol, te prometo soltarte pronto.

—Y a ver cuando me la presentas.

—Pronto, mami, pronto.

—Salimos en una hora, ¿vale?, cariño —le dio un beso en la frente.

—Vale. Te quiero.

—Y yo a ti, hijo.

Rhein bajó a desayunar y se topó de nuevo con su abuelo que estaba vez estaba con su asistente personal barra amante, Jensen, terminando de desayunar y bebiendo café.

—Ah…, Jensen, mi nieto ya tiene novia —informó Reinaldo a su amante.

—Ay, ¿no me digas?, qué decepción para el hijo de los Franch, estaba coladito por él.

—Sí, una lástima, guapo el chico —convino.

—Guapo, elegante…, pero eso sí, nadie como tú, mi amor —Jensen alargó el brazo y Reinaldo se dejó tocar la mano que tenía sobre la mesa.

—¿Vais a ir a por el árbol hoy? —se dirigió a su nieto.

—Sí —contestó untando la mantequilla en el pan tostado.

—Procurad que no sea tan grande como el del año pasado, era precioso, pero demasiado grande. No dejéis que Lola elija, esa niña os lleva por donde quiere.

—Abuelo, tiene seis años.

—Ya, pero si seguís consintiéndola os comerá vivos.

Reinaldo y su asistente personal barra amante se levantaron de la mesa despidiéndose de Rhein y salieron de la casa. El padre de Rhein le acompañó en el desayuno.

—¿Ya se ha ido ese maricón de Jensen?

—Papá, no te burles de tu madrastra —se mofó Rhein haciendo que su padre le amenazara con darle un tortazo.

—Eso no es nada mío, pero ¿has visto la pluma que tiene? no sé yo, veo a mi padre con un hombre…, así macho, no sé si me entiendes. No con una drag Queen como Jensen. No lo soporto.

—Si al abuelo le gusta…

Se hizo un silencio y Reinaldo junior, el padre de Rhein, comentó:

—¿Sabías que tu abuelo estuvo enamorado una vez? y apuesto mi cuello a que lo sigue estando. De un chico que hace muchos años desapareció —informó.

—¿Cómo?, ¿murió?

—No, mis abuelos hicieron de las suyas para que desaparecieran ¿Te acuerdas de tu bisabuelo?

—Sí, algo, vagamente…

—Era un ser, por no llamarlo persona, despiadado mandó a su propio hijo para que lo torturaran durante meses para que se «curara» de la homosexualidad.

Rhein abrió los ojos como platos, casi se atraganta con el zumo.

—Joder, papá.

—¡Rhein! Esa boca —reprendió la madre que venía con Lola, que al oír a su hermano se echó la mano en la boca riendo.

—Mami, Rhein ha dicho una palabrota.

—Ya, hija, ya… tu hermano no mide ni las horas que llega a casa.

—¿Nos vamos ya a por el árbol o qué? es hora y media de trayecto…—advirtió Kelly.

—Ya nos vamos… —dijo el padre de Rhein levantándose de la mesa y dando un toque a su hijo para que hiciera lo mismo. Rhein se levantó apurando un buen sorbo de café y dando un mordisco a su *croissant* recién horneado por la cocinera de la casa.

****

—Señora Miller, todo va estupendamente; el bebé tiene el tamaño y el peso indicado para su mes de gestación —informó el obstetra a Gianna.

—Gracias, doctor. —Le extendió la mano y el teléfono de Gianna sonó. Pidió disculpas y cogió la llamada.

—Para la próxima vez busca otro laboratorio para darnos la pruebas... si nos descuidamos... Bethany ya ha nacido.

—¿Han llegado ya? ¿dónde estás?, voy para allá.

Colgó la llamada y acudió al encuentro de Lily en la cafetería de Ben.

Gianna entró como un rayo por la puerta. Lily ya le estaba esperando con el sobre de los resultados de las pruebas de ADN sobre la mesa, tomándose un café.

—¿Café? —se mofó.

Lily le enseñó la taza y parecía café, Gianna arrugó la frente de la sorpresa.

—Un irlandés —anunció—, ¿crees que con esta bomba que tengo en las manos puedo tomarme algo tan insulso que un café? No, señorita. Yo necesito algo más fuerte.

—Ay, estoy nerviosa, me sudan las manos y todo —dijo Gianna cogiendo el sobre para abrirlo. Se detuvo y miró a Lily durante unos segundos.

—Ábrelo tú, yo no puedo. Estoy demasiado nerviosa.

—¿Yo? ¡Ni de coña!, el marrón es tuyo. Tú te lo guisas, tú te lo comes. Yo estoy aquí por simple curiosidad.

—Por favor… —dijo con carita de ángel, de no he roto un plato en mi vida.

Lily la miró de reojo.

—Vale, está bien… veamos los dichosos resultados.

Cogió el sobre y empezó a abrirlo, resoplando.

—Me estoy hasta mareando, Gigi, buf…

Terminó de abrirlo y sacó el papel y recitó: —Bla, bla… números y más números ah, aquí; El presunto padre, Blake Jonhson, es excluido como padre biológico del niño(a) examinado(a) —la miró. Las lágrimas resbalaban por su rostro como las gotas de lluvia por la ventana. Extendió la mano para consolarla, pero, más que triste estaba cabreada; estaba segura de que el bebé era de Blake, que esas pruebas dijeran lo contrario la descolocó. Rechazó el consuelo de Lily levantándose de la mesa y saliendo del establecimiento. Lily musitó: —Como si yo tuviera la culpa.

Gianna caminaba por las calles desorientada y hecha polvo, ahogada en su propio llanto que no trataba de disimular. Todo le daba vueltas. No podía dejar de pensar que si su hija hubiese sido de Blake, su matrimonio con Hunter se acabaría y volvería a los brazos de la persona que realmente amaba. Le daba pánico pensar que aquella rival, que ya se había ganado a Robert, Chloe y Lily, le arrebatara lo que más amaba en esta vida, a su primo Blake. Ni siquiera pensaba en el pequeño detalle que eran primos hermanos, carnales. No le importaba en absoluto. Lo único que anhelaba y deseaba en su vida era a él. Empezaba a quedarse sin aire y a tambalearse, una chica se acercó a ella preguntándole si estaba bien. No llegó a contestar cuando se desmayó en plana calle.

—Tú eres la chica que ha traído a la chica embarazada ¿verdad?

—Sí, soy yo —contestó Lizbeth. Sí, la chica que había ayudado a Gianna no era más que Lizbeth que se habita tropezado con ella y ayudado a trayéndola al hospital—. ¿Está bien?

—Sí, cielo ¿la conoces, por cierto?

—No, la verdad es que me he tropezado con ella.

—Bueno, no pasa nada. Muchas gracias por traerla, hay poca gente como tú en esta ciudad. A veces pienso que la gente en vez de corazón lleva piedras en el pecho. No podrías imaginarte la cantidad de personas que se han desmayado en plena calle y nadie le ayuda, y mira que en Nueva York somos muchas personas, la calle está repleta, pero oye, que parece que no les importa nada más que sus propias vidas; no se paran a prestar ayuda a nadie —comentó la enfermera—. Ya hemos llamado a sus familiares…

No terminó de hablar cuando la tía de Gianna y Fátima aparecieron preguntando por Gianna Jonhson. Lizbeth se sorprendió al escuchar el nombre y miró a la enfermera que contestó:

—Ay, mira, ya han llegado los familiares.

Lizbeth no sabía dónde meterse, tuvo el impulso de huir y así hizo, a la enfermera no le dio tiempo a mostrar a Yanelis la persona que había auxiliado a su sobrina.

—Uy, qué raro, estaba aquí mismo.

—Qué pena… —dijo Yanelis —me hubiera gustado darle las gracias personalmente.

Lizbeth llamó a Ashley.

—¿Dónde estás? Te estamos buscando, cuando salimos de la tienda ya no estabas.

—Perdón, es que una chica embarazada se desmayó delante de mí y la llevé al hospital.

—Qué buen gesto… la próxima vez llamas a una ambulancia o nos avisas, idiota, que ya íbamos a llamar a tu abuelo y por lo que Sonia ha dicho, tu abuelo seguro llamaba a la Interpol, de buena te pasas, Liz.

—Ya, ya. ¿A que no sabes quién era la chica?

—Obviamente que no lo sé, Liz.

—Gianna…

—¿Qué Gianna?, ¿la de Blake?

—Sí…

—Qué fuerte, con lo grande que es Nueva York, ¿y te reconoció?

—No creo. Se desmayó antes que pudiera contestar si estaba bien ¿Dónde estáis?

—En la quinta Avenida, ¿te esperamos?, ¿sabes llegar?

Lizbeth miró a los carteles de las calles que tenía en frente.

—Sí, creo que no estoy lejos.

7

Los Jonhson, aprovechando que Blake estaba en la ciudad e iba a pasar las fiestas con ellos, reunieron a los chicos; tenían algo importante que contarles. Algo que no cambiaría su estilo de vida, pero sí removería algo en ellas.

—¿Qué es lo que pasa, mamá? ¿Por qué esta reunión familiar? —preguntó Chloe a su madre que estaba en la cocina preparando una comida bastante copiosa y abundante como para veinte o treinta personas. Chloe se dio cuenta del detalle de exceso de comida—, ¿y para que tanta comida? ¿Tenemos invitados?

—Chloe, deja de hacer de preguntas y ayuda a llevar la vajilla.

Tenían sirvientas, pero Yanelis quería que su hija no fuese una niña rica más y la enseñaba a como llevar una casa y hacerse cargo de ella.

—Está bien, mamá, pero nos tenéis muy intrigados.

—Llama a Gigi, que venga a ayudar, que se deje de *señoritingadas.*

—Vale —contestó Chloe extrañada por la actitud de su madre a la que notaba bastante nerviosa,

Fátima estaba eligiendo el mantel.

—Nana, ¿dónde dejo esto? —preguntó Chloe exaltándola. Ella también estaba nerviosa.

—No sé, Chloe, déjalo por ahí, donde no estorbe.

—¿Qué os pasa a ti y a mamá?

Fátima solo la miró.

—Ve a cambiarte que tenemos invitados.

—¿Nadie me va a decir lo que pasa? —exclamó molesta.

—Vamos —dijo con tono autoritario—, ya os avisaremos.

Chloe subió a la habitación de Robert. Él y Blake jugaban a la Nintendo.

—¿Qué pasa en esta casa hoy?

—Ni idea —encogió los hombros Robert, Blake la miró unos segundos y volvió la cara a la pantalla.

Gianna entró.

—Gigi, ¿te has enterado de algo?

Blake se tensó y la ignoró. Gianna calvó sus ojos en él, y Chloe tronó los dedos delante de ella.

—Ey, Gigi... vuelve, que te vas.

—Ehn...

—Joder, estáis todos tontos, y ¿Hunter?, ¿ha venido contigo?

—No, vendrá en un rato.

—¡Joder, Robert, eres un cabrón! —gritó Blake bajo la gorra que llevaba puesta. Robert acababa de ganarle una partida.

—Si es que eres muy malo. Admítelo.

—Y tú un tramposo. Vete a la mierda.

Se levantó y salió de la habitación pasando por el lado de Gianna que se paralizó y se quedó pálida al oler su perfume.

—¡Gigi!

—¡Qué!

—Que vayas a la cocina, mamá te reclama.

Gianna se dio la vuelta fastidiada y fue a la cocina.

Al salir escuchó como Blake echaba el cerrojo por dentro a su puerta. Señal de que no quería que nadie pasara a su habitación, aunque Gianna podía pasar a través de su habitación por una puerta anexa que tenían. Miró a la escalera y se aseguró que nadie la viera. Entró en su habitación y se plantó delante de la puerta anexa a la habitación de Blake.

Él estaba acostado boca arriba y había puesto música. 50 cent sonaba en su equipo y tarareaba.

—¿50 cent, tan grande es el cabreo que llevas?

Blake se inclinó, se apoyó en sus codos, clavándole sus enormes y preciosos ojos azules con ironía.

—Y ¿a ti que cojones te importa?

Gianna se acercó.

—¿Te importa que me siente? —preguntó temerosa.

Blake se volvió a echar en la cama.

—Siéntate, aunque te diga que no, vas a hacer lo que te dé la gana.

—No es así, si tú me pides que me vaya, me iré.

—Lo dice la que no ha pedido permiso para entrar.

—Blake…, tenemos que hablar.

Blake se incorporó de súbito sorprendido.

—¿Perdona? —Se rio—, ¿hablar de qué?

Gianna hizo una pausa y se mordió el labio.

—De lo que pasó entre nosotros. —Suspiró.

—¿Qué pasó?

—No te hagas el tonto, Blake, esto es serio.

—Claro que es serio, Gianna, estás en la habitación de un hombre que no es tu marido queriendo hablar de algo que fue un ERROR —dijo dejando a Gianna sorprendida.

—¿Un error, Blake?, ¿lo que pasó entre nosotros fue un error? —Gianna empezaba a levantar la voz.

—Baja la voz —ordenó—, alguien puede oírte, ¿estás loca o qué te pasa?. Lo que pasó entre nosotros fue un muy estúpido error. Nunca debió ocurrir. Y no quiero volver hablar de ello. Así que lárgate de mi habitación, ahora.

—Es por la Lizbeth esa, la que os tiene a todos locos.

—Cállate, Gianna, y vete ahora —ordenó.

—No, no me voy a ir porque sé que tu aún me amas, igual que yo a ti.

Blake la miró, no se creía lo que estaba escuchando y sonrió cínicamente.

—Deja de hacer el ridículo, Gigi, somos primos carnales de primera línea, lo ocurrió nunca debió ocurrir, ni mucho menos pensar que podíamos saltarnos toda regla o código de moralidad. Eso fue una tontería, un calentón de adolescentes.

—Ahora soy tu prima, pero cuando me la metías hasta el fondo no, ¿verdad?

—¡Gianna!

Tocaron a la puerta.

—¡Ves! ya nos han oído, reza que no sea mi madre o tu padre.

Blake enfiló a la puerta y abrió.

Robert entró cerrando la puerta tras de sí.

—Se os escucha desde abajo, no se entiende, pero se os escucha.

—Me importa una mierda, Rob, este dice ahora que lo que pasó entre nosotros fue un error. ¿Te lo puedes creer?

Robert hizo una mueca con la boca dándole la razón a su hermano.

—¿O sea que tú también lo piensas? Claro, como la zorra esa os está comiendo el cerebro.

—¿De quién habla? —preguntó a Robert a su hermano.

—De Lizbeth.

—Estás celosa…Vamos a ver, Gigi. Blake tiene razón, fue un …

Le interrumpió.

—Una palabra más y te doy un guantazo, Robert, ¡os odio! —dijo saliendo de la habitación dirección a la cocina donde ya no hacía falta. Los invitados ya habían llegado.

Blake y Robert salieron tras ella, pues él había venido a avisar que la visita ya había llegado y sus padres les estaban llamando. Chloe aún no había bajado. Gianna frenó en seco y sacó una sonrisa falsa, pero educada, a los invitados. Su padre le presentó.

—Ella es mi hija, Gianna, y estos dos hombretones que vienen ahí son Blake y Robert.

Los chicos se acercaron y extendieron las manos saludando. No terminó de presentarles cuando más gente apareció ahí dejando a Robert y a Blake petrificados y a Chloe clavada en la escalera.

—¡Bien, ya estamos todos!

—Chicos, ellos son los Montesinos.

Lizbeth apareció entre la gente, blanca como la cera.

—Aunque yo creo que ya os conocéis… —dijo Yanelis con una gran sonrisa—. Ay, míralos, qué sorpresa les hemos dado. Gianna, que no entendía lo que pasaba, miró a Chloe que estaba pálida, a juego con la pared que tenía tras de sí, la miró y encogió los hombros.

—Gianna, cariño, ven que te presente a los demás.

—No me jodas… —susurró Sonia a Natalie. Y cogió la mano de Lizbeth que estaba temblando como un flan—. ¿Estás bien? —Lizbeth no pudo más que asentir.

—Pero pasad, no os quedéis ahí.

Robert, que fue el primero en reaccionar, se acercó a Lizbeth.

—Liz, ¿qué haces aquí?, ¿qué pasa aquí? —dijo dándole dos besos.

Gianna se paró en su posición con los ojos abiertos como platos.

—Robby…, no entiendo nada —dijo con la voz temblorosa.

—Chicos, pasemos al salón que ahí os explicamos todo —dijo Yanelis riéndose por la cómica situación que le parecía a ella.

Se dirigieron al salón de visitas, donde Fátima había dispuesto bebidas y picoteo, y donde estaba el árbol de navidad.

—Madre mía, pobrecillos, míralos que caras llevan —espetó Rigoberto que cogía una copa de ron que Nick le ofrecía comentando—. De nuestras plantaciones, viejo —informó dándole un suave golpecito en el hombro.

—¿No me digas? —exclamó—, ¿pero todavía están?

—¡Claro, viejo! la hemos cuidado lo mejor que hemos podido. Hoy por hoy es uno de los mejores rones del mundo —comentó Thomas alardeando.

—Me alegro, Tomy, oye, pero qué alegría verte.

Thomas le sonrió y le beso en la frente.

—Perdón, eh, por la interrupción del momento emotivo de reencuentro, al parecer, pero nos podéis explicar ¿qué pasa aquí? —dijo Lizbeth siendo fulminada por Gianna.

—Calla…, prima…, que si las miradas matasen te enterrábamos hoy mismo —susurró Sonia al oído de su prima, que no salía de su asombro. Blake permanecía de pie mirando a Lizbeth embelesado.

—¡Eso! o nos explicáis o empezamos a subirnos por las paredes —informó Robert nervioso por el misterio del momento.

—Ay, hijo, ¿cómo empezar? —dijo Nick dándole un apretón en el hombro cogiéndolo de sorpresa.

—Pues muy fácil… ¿de qué os conocéis?

—Ahora lo explicamos… Nena, ¿qué haces ahí parada?

—Yayo, intento asimilar esto.

—A ver, niños, nosotros nos conocemos porque somos familia.

Blake escupió lo que estaba bebiendo, Gianna soltó una carcajada, Chloe abrió los ojos como platos y Robert casi se desmaya. Lizbeth tuvo que sentarse para no caerse desplomada al suelo.

—¿Perdón? —preguntó Chloe sin salir de su asombro.

—Sí, hija, sí —contestó Nick a su hija invitándola a sentarse—, siéntate aquí. Veréis, nosotros somos familia porque nuestro padre Markus Jonhson era el marido de la hermana de Rigoberto —señaló al abuelo de Lizbeth al que fulminaba su nieta con el ceño fruncido—, él y vuestra abuela nos adoptaron cuando nuestros padres biológicos murieron en un terrible accidente.

Hizo una pausa recordar, aquello lo acongojaba, se sacó un pañuelo del bolsillo mientras Yanelis, de pie tras de él, le daba fuerzas para seguir el relato. Thomas cogió el relevo al ver la reacción de su hermano.

—Nuestros padres murieron en un incendio en la hacienda en la que trabajaban, en la de los Montesinos en Cuba. Fue accidente… —Otra pausa. Miró a su hermano—, a Nick se le cayó una vela en la cortina de nuestra casita y aquello prendió tan rápido que no nos dio tiempo a salir, mamá nos encerró en el baño mientras trataba de apagar el fuego con papá. Cuando Lizbeth nos encontró.

—¿Mi tía abuela Lizbeth? —preguntó Lizbeth atenta a la historia que se estaba relatando.

—Sí, cariño, tu tía abuela —continuó Thomas. Nick era incapaz aún se sentía culpable de la muerte de sus padres—, cuando ella llegó junto con su padre y el resto de la familia, los trabajadores ya habían apagado parte del fuego. Ella entró por una de las ventanas y pudo abrir la puerta del baño. Intentamos levantar la viga que se había caído encima de mis padres entre los tres, la viga era demasiado pesada y peligrosa.

—Y eráis unos niños, ¿no? —preguntó Robert.

—Hombre, no tan niños, teníamos quince años, pero no pudimos, pesaba demasiado. Markus, nuestro padre adoptivo, nos mandó a salir antes que la casita se derrumbara, pero Lizbeth no se daba por vencida, quería ayudar, y nosotros tampoco. ¡Cómo era! Se creía Superwoman, menuda era. ¿Te acuerdas Nick?

A Rigoberto se le saltó una lágrima y aspiró por la nariz. Se emocionó al escuchar el nombre de su adorada hermana.

—En fin, que cuando pudimos sacar los cuerpos de mis padres, que habían muerto en el acto, la casita se derrumbó. Bueno, que me estoy liando y emocionando un poco —Gianna abrazó a su padre.

—Pero ¿cómo que os adoptaron?

—Sí, ellos venían todos los veranos a Cuba, mis padres eran los encargados de cuidar la hacienda en su ausencia y bueno, Lizbeth no quería dejarnos atrás solos y entre este hombre —señaló a Rigoberto—, tan maravilloso que tenéis aquí enfrente —Lizbeth dio un sonoro beso a su abuelo en la mejilla orgullosa— y vuestra abuela convencieron a Markus, papá, para que nos adoptaran

—Qué pena lo de nuestros abuelos —se lamentó Robert emocionado—. ¡Y por qué nunca nos habéis hablado de ellos! —exclamó indignado.

—Porque es demasiado doloroso —dijo Nick.

—Papá…, no fue culpa tuya, fue un accidente.

—Ya lo sé, hijo, ya lo sé…—Suspiró.

—Entonces, ¿no somos familia así como tal?, de sangre, me refiero —preguntó Blake alucinando por lo que le estaban relatando, que se hubiese enamorado de nuevo de otra prima, eso ya era una maldición.

—Sí, porque eso es lo único que te importa —dijo Gianna con sarna y poniendo los ojos en blanco.

—Cállate, Gianna, haz el favor, ¿quieres? es solo curiosidad —dijo Blake en un tono fuera de lo común a como hablaba a Gianna, quería demostrarle a Lizbeth que ella le importaba un pimiento y que ella era ahora la dueña de su cuerpo, su alma y sus pensamientos.

Gianna quiso contestar a Blake.

Una de las doncellas vino a informar que la comida estaba servida y que podían pasar al comedor. Allí les esperaba Fátima sonriente.

—Bienvenidos —dijo Fátima saludándolos a todos—. ¿Oye, tu hijo y su mujer no han venido?

—No, hija, se ha puesto malo. —Puso los ojos en blanco.

—Ay, pobrecillo…

—De pobrecillo nada, que ya le dije que no fuera a patinar, que no sabe, y como se puso en plan romántico con la madre que parió a esta —puso una mano en el hombro de Lizbeth—, se ha roto la pierna en dos partes.

—Por Dios —exclamó.

—Bah.

Todos rieron.

—Ey, viejo. Tú no cambias —dijo Thomas agitando la cabeza y sonriendo.

—Ah, ¿qué es así de cascarrabias de siempre?

—Sí, o al menos, así lo recuerdo yo, quejándose hasta del aire.

—¿Cascarrabias yo? Serás…

—Que sí, yayo, que eres un rabietas —le estrujó el cachete dándole un beso.

Todos estaban ya sentados a la mesa. Recordaban viejos tiempos y anécdotas, haciendo reír a todos; menos a Gianna, que su hubiese podido, le clavaba el cuchillo del pan a Lizbeth a quien Blake no dejaba de admirar.

—¡Oye! y lo que se parece la nena a su tía abuela, es clavadita.

—Una calcomanía —dijo Margot—, hasta en los andares.

—Y es perturbador —comentó Lizbeth—, que no me importa, conste en acta, yo orgullosa; pero es que he visto fotos y si no es por el lunar que nos diferencia, no sé…

—Y guapísima que eres —dijo Yanelis haciendo que Lizbeth se sonrojara.

—Nada, del montoncito —dijo esta, haciendo reír a todos, menos, y de nuevo, a Gianna que se la tenía jurada.

—Qué bonita y humilde… —aduló Fátima.

Robert se levantó de la mesa indicando algo a una de las doncellas al oído.

—Robert, alcohol no —dijo Nick.

—¡Que dices! Solo le estoy diciendo que suba al ático y que prepare el chill-out.

—Como si no te conociera…

Otra de las doncellas anunció que los Castro acababan de llegar y que estaban subiendo.

—¿No me digas que Carlitos también anda por aquí? y por cierto, ¿dónde está Kitty? quiero ver a mi nena, pensé que estaría aquí.

Thomas le miró.

—Viejo, tu Kitty ya no es la que crees. Ha cambiado mucho.

—¿No me digas? —preguntó Margot.

—Sí, Margot, ha cambiado mucho —comentó Yanelis con pesar.

—¿Quién es Kitty? —preguntó Gianna.

—Tu madre... —contestó de nuevo Yanelis.

—¿Que ha pasado?

—Santos, eso es lo que ha pasado

—¿Santos? Dios mío, me tenéis que poner al día de todo, qué barbaridad.

—Bueno, que nosotros nos vamos al chill-out. ¡Vamos, prima! —dijo Robert cómico a Lizbeth.

—¡Ya llegó la alegría de la huerta! —dijo Lily atravesando el umbral de la puerta del comedor.

—Lily, no seas maleducada, hombre… ¿qué es eso de dar berridos en una casa ajena? —regañó Sandra.

Se oyeron unas voces y Thomas sonrío.

—Ahí vienen los que faltaban.

Rigoberto se levantó emocionado al ver a Carlos Castro, el padre de Lily, aparecer por el umbral. El hombre apresuró el paso para fundirse en un abrazo con Rigoberto.

—Beto, Betito, Dios mío, pero que viejo estás —dijo emocionado y bromeando.

—Pero bueno, Carlitos.

Margot se levantó también y Sandra se rompió a llorar en los brazos de esta.

—Tía, tía —Lloró emocionada lanzándose a los brazos de Margot.

—Ay, Sandy, por Dios, no llores, cariño mío, pero qué guapa estás, mi niña.

—Lily, ven que te presente a tu tía abuela.

Lily, a la que le estaban explicando de forma exprés lo que estaba ocurriendo se acercó.

—Mira, tía Margot, esta es mi hija, Liliana.

—Ay, pero qué guapa. Dame un beso, preciosa. Madre mía, pero si es igual que mi hermana.

Al parecer, la madre de Lily era sobrina de la abuela de Lizbeth. Una auténtica locura, pensaban todos.

—Madre mía, ¿tanto tiempo ha pasado?

—Claro, cuando te fuiste a Barcelona yo qué tenía… ¿trece, catorce años?, era una pipiola.

—Ni tan pipiola, que te casaste con quince años, bonita —dijo Yanelis sentada a la mesa ya tomándose el café.

Robert enganchó a Lily de un brazo y del otro a Lizbeth.

—¡Al chill-out!

—Por favorrrr… —arrastró Lily la voz.

—Sin alcohol, Robert, ya te he avisado —espetó Yanelis.

—Tengo las botellas contadas —secundó Nick.

—Dejar a los niños, que ya no lo son, que hagan lo que les dé la gana, hombre —intervino Thomas riéndose.

Al subir al famoso chill-out Lizbeth se alucinó por las vistas, tenía Nueva York a sus pies. Sonia, que tenía vértigo, no se atrevió a asomarse. El sitio estaba iluminado con luces de colores, unos sofás de caña con cojines con estampados tropicales y muchas plantas, estaba cubierto para los meses de frío con cristal abatible que se abría solo los veranos y climatizado.

—Uh, pero que calor hace aquí, ¿no? —dijo Lizbeth que llevaba el abrigo puesto y que se quitó.

—Esta climatizado, si quieres bajo un poco la calefacción —comentó Blake que se había adelantado para preparar el sitio y los mojitos, no sabía cocinar, pero si de a cocteles se trataba, no había nadie como él.

—No, gracias, está bien así, me quito el abrigo y ya. —Las primeras palabras que Lizbeth dirigía a Blake sin insultarlo.

Blake la miró y sonrió.

Lizbeth volvió asomarse llamando a su prima que se arrinconaba lo más lejos de la cornisa, aunque estaba cubierta, su vértigo no le permitía dar un paso más allá de donde estaba parada.

—Sonia, asómate. Mira que vistas, esto no lo verás en Badalona.

—Ni falta que me hace, gracias.

—No pasa nada, asómate —dijo Lily intentando arrastrarla hacia la cornisa.

—¡Lily, por la madre que te parió, no, que me muero! —exclamó Sonia.

—Qué cagada eres para unas cosas, tan valiente para otras —dijo Lizbeth.

—Bueno, ¿alguien me explica que es lo que ha pasado hoy? —preguntó.

Los chicos le explicaron con lujo de detalles de lo que habían hablado y qué era eso del parentesco, al final resultaba que Lily y Lizbeth eran primas.

—Y yo, a esto de tirarle los perros a mi prima —rio.

—Qué locura todo esto, ¿no? —dijo Gianna entrando en el chill-out.

—Un desfase y ¿Hunter?, ¿no decías que venía?

—Ya ha llegado, está saludando a Rigoberto y él ya lo sabía, se lo había contado su padre, me lo acaba de decir.

—Y ¿eso?

—Pues al parecer, mi suegro y mi padre son los albaceas de los bienes de tu abuelo, Lizbeth —dijo dirigiéndose a ella.

Dejando a todos sorprendidos por la dulzura en su voz.

—Una cosa más y me estalla la cabeza, de verdad. ¿Por qué no hablamos de otra cosa?, es que a mí esto me pone nerviosa, no sé a vosotros.

—Me va a reventar el cerebro de tanta información —espetó Robert.

Lizbeth y Blake estaban sentados en la barra de un mini chiringuito; detrás de ella, Lily poniendo la música y Chloe sirviendo las copas con un ojo puesto en la puerta por si a su madre le daba por aparecerse por ahí. Le dio un mojito a Blake y otro a Lizbeth. Gianna se posicionó un poco más cerca de Blake, más de lo que debía. Y le puso una mano en el muslo. ¿Estaba marcando territorio? Sí, lo estaba haciendo. Blake se levantó e hizo que se iba a coger un posavasos a la mesita que había delante de los sofás. Hunter apareció saludando a Blake.

—Así que esta es la famosa Lizbeth..., querida, has llegado a esta familia pisando fuerte.

—Eres gilipollas, Hunter —dijo Lily. Este le hizo una peineta sirviéndose el mismo un buen vaso de mojito.

—Somos más, eh.

Hunter miró a Sonia.

—Ella es Sonia, prima de Liz —dijo Robert.

—Encantado, soy Hunter, el marido de Gianna, aunque a ella todavía no le queda claro.

—Ni a ti tampoco, querido.

—Si os vais a matar, os vais a vuestra casa, aquí no queremos malos rollos —dijo Lily mirando a claramente a Gianna, la conocía bastante bien y no iba a tolerar un ataque hacía Lizbeth, que no lo había hecho, pero se estaba preparando para ello.

—¿Matarnos?, ¿por qué?, si somos súper felices, ¿no nos ves? —dijo Hunter cogiendo del cuello e intentando besar a Gianna que lo esquivaba.

—No me toques —dijo ella.

Lily negó con la cabeza y puso una canción en el equipo.

—¿Puedo llamar a Rhein para que venga? —preguntó Lizbeth a Robert que la abrazaba por la espalda.

—No creo que sea lo más conveniente.

—Bueno, si Blake se relaja y no anda metiéndose con él ni provocando… —dijo Lizbeth mirando al aludido.

—¿Yo?

—Sí tú, señorito. Que ya me contó lo de la peleíta.

—No sé lo que te habrá contado, pero yo que tú no le llamaba si no quieres verme muerto.

—¡Qué dices! no exageres. Rhein sería incapaz de hacerte daño.

—¿Qué no exagere dice? Liz, me amenazó con matarme si me acercaba a ti, ve ahora y dile que somos familia «adoptiva»".

—¡Dilo en alto para que te lo creas! —espetó Gianna sentada en uno de los sofás y riéndose.

—¿Tú no tienes vergüenza, verdad, cariño? —dijo Hunter bebiendo se su vaso.

—Cállate.

—No le hagas caso, le gusta provocar —dijo Lily bajito.

—En serio, no lo llames, cógelo otro día o mañana, cuando tú quieras, y explícale esto, y después ya vemos qué ocurre —le dijo Robert al oído dándole tiernos besitos en la mejilla. Gianna desde su posición miraba con cara de asco a la atención que le prestaban a Lizbeth.

—¡A ver! Ratoncilla, Ashley está llamando a tu móvil y no coges —anunció Sonia.

—¿Estás hablando con ella?

—¡Claro! les estoy poniendo al tanto de todo, está flipando.

—Joder, no te des prisa, eh, serás maruja.

—Por cierto, ¿dónde está? ¿por qué no ha venido? —preguntó Lily y Chloe la miró. «¿Por qué preguntaba por ella?».

—Se ha quedado en casa con mi madre y tía Stacy, cuidando del padre de tío Danniel.

—Ah, ¿saldrá luego con nosotros?

Chloe la miró más fijamente.

—¿Qué?, me cae bien, tranquila…

—Gigi, ¿quieres uno sin alcohol? —preguntó Chloe a su prima que se veía aburrida.

—No, gracias, ya nos vamos —dijo ella incorporándose—. Tengo que descansar, ya he estado mucho rato aquí. Ya debería estar durmiendo.

—No hace otra cosa más que dormir y tragar —dijo Hunter burlándose de ella—. Yo me quedo.

—Tú te vienes… —lo cogió del brazo.

—Vale, vale —dijo Hunter dejando el vaso sobre la mesa. Gianna se levantó y enfiló a la barra a despedirse; dio un beso a Chloe, otro a Lily y quiso dárselo a Blake, pero este le hizo la cobra, haciendo que se le caía la pajita y la recogía, de Robert pasó por traidor.

—Desde que está embarazada está de un insoportable…

—¡Uh! lo que ha dicho la súbdita *number one* — se mofó Robert de su hermana que le sacó la lengua.

—¿Dónde vamos luego?

—¿Qué haces? —preguntó Lizbeth a su prima.

—Joder, Ashley me está acosando a preguntas, ¿qué quieres que haga?

—Dile que a Spectrum.

—A ¡Spectrum! —Se escandalizó Chloe todo lo contrario que Robert que pegó un salto de alegría. La mentada discoteca era famosa por ser una de las pocas en Nueva York que tienen zona VIP con salas habilitadas para el sexo. Y así lo explicó Lily. Lizbeth abrió los ojos como platos.

—Que no es obligatorio. Solo que la música mola más ¿es o no es, pequeño Saltamontes? —Se dirigió a Blake.

—Estás loca —dijo Chloe.

—Y nos dejaran beber, porque ya nos conocen.

—¿Os conoce quién?

—Corey Cowen, el propietario. Es amigo nuestro, bueno, un buen conocido. Allí podremos beber. Que somos adultos, pero no oficialmente nos falta un año todavía para beber legalmente y no en cualquier garito nos dejarían.

—Repito, cariño, estas loca.

—Pero ¿tan mala fama tiene o qué?

—Que allí se va a follar… —susurró Chloe.

—Como si tú no follaras, mira esta. Liz, que solo vamos a la parte de la discoteca, en la zona VIP solo entran socios y nosotros no somos socios.

—Bueno, si es solo discoteca, vamos, si veo algo raro me piro.

—No vas a ver nada raro, porque yo voy a estar ahí protegiéndote —dijo Blake.

Lizbeth le miró con cara de cordero, se estaba hablando de discoteca con zona VIP con acceso a sexo y le iba a proteger uno que estaba muerto por comérsela de nuevo.

Se despidieron de sus padres que estaban aún reunidos contándose batallitas y anécdotas. Tanto que Rigoberto le dio el beneplácito de salir con su nueva familia. Sonia y Lizbeth arquearon la boca hacia abajo sorprendidas porque no les pusiera pegas para salir.

—Vale, pero no lleguéis tarde a casa —dijo Rigoberto.

—El yayo esta borracho, Liz —se rio.

—Que va a estar borracho, lo estará, pero de felicidad de reencontrase con los suyos, anda que no eres mal pensada.

Cogieron dos taxis, Blake, Liz y Robert iban en uno y el resto en el otro.

—Entonces qué ¿habéis hecho las paces? —preguntó Robert a Lizbeth que miraba por la ventanilla.

—Supongo, que remedio —dijo sin dejar de mirar el espectáculo que Nueva York le ofrecía con la decoración y las cientos de miles de luces.

—Liz —reclamó su atención Blake, esta le miró.

—Dime.

—Gracias.

—Ay, pero qué bonito, por dios —se emocionó en tono de burla Robert que estaba en el medio de los dos.

—Pero no la líes. Estás advertido.

Blake sonrió.

8

La discoteca no daba a la vista impresión de que allí hubiese zonas dedicadas al sexo, es más, parecía una discoteca normal y corriente, para pijos, eso sí, de la alta sociedad de Nueva York, pero una discoteca al fin y al cabo.

La música retumbaba en el pecho de Lizbeth, las luces de neón eran cambiantes, la gente, todos jóvenes de su edad; y algún que otro cuarentón en busca de carne fresca se apoyaba en la barra con su cubata echando el ojo a las veinteañeras que allí se encontraban.

Blake la agarraba de la mano y se abría paso a través de la gente que le saludaban, amistosamente, algunos se alegraban de verle. Lizbeth llegó a oír como algún que otro se dirigía a él como Patrón. «¿A que venía eso?», se preguntaba a lo que él saludaba con un gesto con la cabeza. Lily empujaba a Chloe que se negaba a dar un paso más. Conocía la fama de ese lugar y le preocupaba que sus padres se enterasen de que había estado allí.

—Relájate, cielo. Ninguno de los conocidos o amigos de nuestros padres regenta un lugar como este —dijo en un ademán de convencerla.

—No, seguramente no, pero sus hijos sí, ¿no sé qué hacemos aquí, Lil?

—Divertirnos, cariño, ¡divertirnos! —exclamó levantando los brazos y empujándola entre la gente.

Robert andaba detrás de Lizbeth y Blake, con el móvil en la mano. Parecía que buscaba a alguien que no encontraba y al que enviaba mensajes.

—¿Estás bien? —preguntó Lizbeth a Robert que la miró con cara de preocupación.

—Sí, bueno, no, había quedado con Jordan en la entrada, pero no está. Me dijo que me esperaría y no estaba.

—No te preocupes, seguro que estará por aquí.

—Eso espero, y espero que no haya entrado en la zona VIP, él sí es socio, ¿sabes?

Lizbeth se sorprendió.

—Y, ¿has estado ahí?

—Sí —dijo con cierta sonrisa de picardía.

—Pues no te preocupes, estará ahí esperándote.

—No, si eso es lo que me preocupa. No estamos pasando por nuestro mejor momento que digamos… —informó.

—No digas eso y deja de preocuparte, aparecerá.

Se detuvieron en la barra. La camarera saludó a Blake con cierta familiaridad.

—¿La misma mesa de siempre, cielo?

—Sí, y ponnos unas botellas de *Champagne.*

La camarera le guiñó un ojo. Un chico un poco más mayor que ellos se acercó y saludó a Blake dándole un abrazo y una palmadita en la espalda en plan colegas.

—Ey, Patrón ¿dónde estabas metido? hace meses que no te pasas por aquí, solo veo a Hunter, que ese sí que es cliente asiduo —rio Corey.

—En la universidad. Quiero presentarte a alguien.

Blake adelantó a Lizbeth que permanecía detrás de él hablando con Sonia, expectante a lo que estaba viendo y bailoteando, y con Robert, que no dejaba de buscar a su chico.

—Ella es Lizbeth. Liz, él es Corey Cowen, el propietario. —presentó y ella estrechó la mano de Corey que se la besó, caballeroso.

—¿Tu chica? —preguntó mirándola con cierta lascivia que a Lizbeth le puso los pelos de punta haciéndola sentir incómoda.

Blake dudó en contestar, pero al ver que Corey le estaba echando el ojo a Lizbeth espetó soltándole la mano de Lizbeth.

—Sí.

Lizbeth quiso sacarle de su error, pero al ver la cara con la que le miraba el chico, no lo hizo. Él la soltó de inmediato y susurró al oído de Blake:

—Ya me dirás de donde las sacas…

—Vamos a bailar, Liz —dijo Sonia incapaz de seguir ahí plantada.

—Ahora vais. Primero vamos a la mesa para que no os perdáis y yo no os pierda de vista, que este sitio mola mucho, pero hay mucho salido por aquí deseando hincar el diente a señoritas como vosotras —dijo con tono protector y burlón a la vez.

Lizbeth asintió y a Sonia no le quedó más remedio que aguantarse un ratito para salir a reventar la pista de baile.

Se instalaron en la mesa que les indicó una de las camareras. Era una mesa de cristal rodeada de unos sillones de cuero rojo en forma de U y tapizados en capitoné con botones de cristal que se asemejaban a diamantes.

Robert seguía enviando mensajes y cada vez más nervioso.

Blake le quitó el móvil de las manos.

—¿Puedes tranquilizarte? ya vendrá y si no, que le den. Relájate de una vez, que me estás poniendo de los nervios.

Robert lo miró con cara de pena.

—No te preocupes, aparecerá o se pondrá en contacto contigo, a lo mejor se cansó de esperar y se fue. No te tortures, ¿vale? —intervino Liz dándole una suave caricia en la mejilla seguido de un tierno beso.

Pero lo que sucedió es que Robert levantó la vista y vio a Jordan bajar de las escaleras de la zona VIP abrazado a un chico, al cual no conocía.

Se levantó de súbito de su asiento pasando por encima de Sonia y enfiló hacia Jordan que se había detenido a hablar con unas personas. Lizbeth salió tras Robert seguida de Lily que ya se estaba remangando los puños del jersey.

—¿Qué significa esto?

Jordan le miró asustado. Le había pillado.

—No es lo que crees, Robby, es solo un amigo.

El chico que lo acompañaba frunció el ceño y abrió la boca a tales medidas que a Lizbeth y a Chloe les resultó gracioso.

—Ah, sí, ¿solo un amigo? —bufó el chico haciendo que Jordan se quedase pálido mortuorio—. Ah, claro, porque a los amigos se les mete la polla hasta el tuétano —miró a Robert — Que sepas que nuestra «amistad» tiene de vida más de dos meses.

Robert miró a Jordan buscando una explicación. Pero no dijo nada. A él se le saltó una lágrima y a Lily un derechazo en toda la mandíbula de Jordan. Robert se dio la vuelta dejando que Jordan se tambaleara en su posición con el labio partido y sangrando.

Tiró su cuerpo en el elegante sillón.

—Pide una botella de tequila, Blake, el *champagne* no me a servir de nada si quieres que siga aquí, porque estoy al borde del llanto y ese hijo de puta no se merece ni una sola lágrima mía.

—Así se habla, machote —dijo Lily agitándolo con orgullo.

—¡Nena! —gritó a unas de las camareras que pasaba por ahí—. Bonita, tráenos dos botellas de tequila—ordenó Lily.

Y la camarera obedeció trayendo las dos botellas del tequila más caro invitados por Corey que se unió a la mesa.

A Blake no le hizo ninguna gracia, él no solía sentarse con él si es que le gustaba alguna de las chicas que traía de vez en cuando y sabía que le había echado el ojo a Lizbeth; él y Blake solían compartir las chicas o hacer un trío con alguna que estuviera dispuesta. Sonia, cansada de estar sentada, lo mismo que Lily, a la que su chica mantenía presa a su lado por culpa de las miradas que otras chicas le echaban, se levantó con ella llevándose a Lizbeth a bailar y a quemar la pista de baile. Solo volvían a la mesa para llenar sus cuerpos de combustible.

Lizbeth lo estaba dando todo con la música dance que se había adueñado de su cuerpo además del tequila y el *champagne* que corría por sus venas a su antojo. Blake se sumó al baile. Todo era perfecto, Lizbeth receptiva, Robert borracho y desinhibido, al igual que su hermana melliza a la que se le había el ido el pánico a que otra le echara el guante a su chica con la que se devoraba en la pista entre baile y baile.

Ashley, que había llegado hace un rato alucinaba con el percal y se apresuró a ponerse al mismo tono que lo estaban todos. Blake agarró a Lizbeth por la cintura aprovechando el momento de euforia y le plantó un beso que no fue rechazado, ella contestó de la misma manera, con pasión y desenfreno. Él pegó su cuerpo al de ella y le hizo sentir cuanto la deseaba. Al sentir la dura polla de Blake en su vientre, Lizbeth reaccionó, y no de la mejor manera. Lo empujó y lo abofeteó. Todavía le quedaba un poco de lucidez. Se echó las manos a la boca aterrorizada «¿Qué estaba haciendo? No, no, Lizbeth, ¡no!». Pensó horrorizada y muerta de miedo a que Rhein se enterara que le había vuelto a traicionar. Blake la descolocaba, tenía que reconocerlo, le ponía, le gustaba, ¿lo quería? Salió corriendo del lugar con Ashley detrás que lo había visto todo y que le dedicó una mirada de reproche a Blake. Todos le miraron de igual forma.

—Eres imbécil, Blake. No puedes tener la polla un rato quieta, ¿verdad que no? —dijo Lily saliendo tras la comitiva que corría tras una Lizbeth echa un mar de lágrimas.

Salió y buscó un taxi desorientada y empapada en lágrimas.

—¡Liz —gritó Ashley—, espera! —Pero ella no escuchaba.

—Lizbeth, para ahí ahora mismo —ordenó Lily a la que también ignoró. Lizbeth echó a caminar cada vez más rápido sabiendo que tenía a todos siguiéndola.

Blake corrió y se paró delante de ella evitando que diera un paso más.

—Lo siento, lo siento. ¡Dios! Soy un estúpido, perdóname.

—No me toques.

—Por favor, perdón. No va a volver a suceder.

Los demás llegaron con la lengua fuera, Lizbeth era muy rápida.

—Joder, sí que va rápido para estar borracha.

Sonia, que llegó segundos más tarde, espetó:

—Es que la hija de puta es campeona de atletismo en su categoría en Barcelona —Sonia se tambaleó—. ¡Uh!, que me la pego. Cuatro medallas de oro tiene, ¡cuatro! —informó bastante perjudicada y sujetándose a una farola—. Por eso ni me molesto en correr tras ella. ¿Poj… que oz creeeeiissss… que la llaman ratoncilla? —dijo sin poder vocalizar y riendo—. Porque corre como ratón perseguido por un *¡cat!* Miau, miau —rio volviéndose a agarrar a la farola.

—¡Quítate! Gilipollas, no haces más que cagarla. —Apartó Lily a Blake de un manotazo y silbó a un taxi que venía a lo lejos sin soltar a Lizbeth que no dejaba de llorar, por si se le escapaba otra vez.

—Nena, me has hecho plantearme mi seguridad por pasar las pruebas de resistencia de la academia, tía, qué bajón.

Lizbeth esbozó una breve sonrisa. El taxi llegó y Lily la metió como un fardo seguida de Sonia y Ashley.

—La llevó a casa y te busco, ¿vale? No tardo —informó a Chloe que quería protestar—. Tú, ya sabes que hacer, llévate a este —ordenó a Robert que asintiendo sujetaba a Blake que no tenía muy buena cara.

—¡Suéltame! —gritó con la voz ronca.

—Cálmate, Blake, no la líes que ya sabemos todos lo que te pasa. No saques al hombre lobo que llevas dentro, colega.

—¡Liz! ¡Lizbeth! —gritó como un energúmeno corriendo detrás del taxi en la que le había montado Lily.

Robert miró a Chloe incapaz de seguir a su hermano que se le había soltado dándole un puñetazo en el estómago.

9

—¿Más tranquila? —preguntó Lily dándole un taza de té de tila que le había hecho Ashley al llegar a la casa.

Lizbeth negó con la cabeza.

—Pero ¿qué te ha pasado, tía? Después de lo que hizo en Boston vas y… Joder, como se entere Rhein de esta no te perdona.

—No tiene por qué enterarse, por lo menos por mi boca, ni la de Robert, ni Chloe tampoco, y por la de Blake menos, porque ya me ocupo yo de él.

—Me quiero morir —dijo Lizbeth dejando la taza de té sobre la mesita de noche y cubriéndose con el edredón de plumas.

—Aquí no se va a morir nadie —dijo Lily intentando descubrir a Lizbeth.

—Sí, yo, por idiotaaa… —dijo con voz ronca debajo del edredón.

—Que no, Liz, que no te preocupes, yo controlo —aseguró Lily.

—Muy segura tú, ¿no? Eso es porque no sabes lo que hizo Blake —dijo Ashley.

—Me lo imagino, Ash, lo conozco demasiado bien, como si lo hubiera parido, no te digo más… —dijo mirándola. Ashley se sonrojó y agachó la mirada.

Sonia roncaba al lado de su prima.

—A esta hay que meterla en la cama —propuso Lily.

En ese momento entró Natalie con cara de sueño y restregándose los ojos.

—¿Qué hacéis?, ¿ya habéis llegado? —Bostezó—. Son casi las cuatro de la madrugada.

—La he vuelto a cagar, Natty.

—Y ¿cuándo no? —dijo metiéndose en la cama con su prima—, es que eres muy débil, ratoncilla.

Lizbeth sollozó.

—Bueno… yo ya me voy que estás en buena compañía —dijo Lily incorporándose

—Quédate, ahora somos primas o algo así, ¿no? Esta también es tu casa.

—¿No sé?, no he traído pijama —dudó y rio.

—Por eso ni te preocupes, Liz es la reina del pijama, de todos los tipos los tiene: sexis, horteras de franela, a dos piezas, a juego con el batín y eso es solo lo que se ha comprado aquí… tienes que ver los que tiene en casa —dijo Ashley abriendo el armario.

Lily lo pensó un momento.

—Venga, vale, me quedo pijama *party* improvisado. —Se levantó y eligió uno de raso negro con encajes de dos piezas.

—Qué sexy, prima —dijo Lizbeth asomando sus enormes ojos pardos rojos y llorosos por el edredón donde se escondía.

—Voy a llamar a Chloe y a Robert para decirles que está todo bien y tranquilizarlos.

El móvil de Lizbeth estaba apagado y Ashley se dio cuenta.

—Nena, tienes el móvil apagado. ¿No tienes batería?

—Si. —Salió Lizbeth de su escondite cogiendo su móvil de manos de Ashley y encendiéndolo. Cuando el móvil se encendió se prendió en mensajes de Rhein.

Cariño, lo siento estaba con mis padres y mi hermanita eligiendo el árbol.

Amor, ¿estás bien?, ¿te has enfadado?

Llámame.

Me estoy empezando a preocupar.

¿Dónde estás?

He ido a tu casa y tu madre me ha dicho que estas con los Jonhson, ¿qué pasa?

—Ay, casi se me olvidaba. Rhein vino a buscarte —informó Natalie.

Liz abrió los ojos como platos y rompió a llorar de nuevo.

—¿Y me lo dices ahora? Me quiero moriiiiir.

Los mensajes seguían entrando. Todos de preocupación y entró una llamada, pero no de Rhein, sino de Blake. Lizbeth lo tiró sobre la cama como si le quemase en las manos. Lily contestó a la llamada.

—No seas pesado, tío.

—Estoy aquí abajo.

En el otro oído tenía a Chloe informando de las últimas novedades no muy contenta de que se quedase en casa de Lizbeth.

—Pues eso, que se nos ha escapado —dijo Chloe dándose cuenta de que su hermano estaba debajo de la ventana de Lizbeth.

—Ya veo, ya. La madre que lo parió.

—¿Qué pasa? —preguntó Lizbeth levantándose de la cama a mirar lo que tan fijamente miraba Lily.

Lily abrió la cortina.

—Que lo tienes ahí abajo, a punto de mearte por todas las esquinas de la casa marcando territorio, como el perro que es. Mira que adoro a ese chucho, lo amo, pero a veces quiero estrangularlo y abandonarlo en una gasolinera.

Lizbeth se alejó corriendo a refugiarse de nuevo bajo el edredón que le estaba dando falsa seguridad, tirando a Sonia que cayó al suelo. No se despertó y prosiguió con sus ronquidos ebrios.

—Blake, vete… No presiones, colega.

—Solo quiero hablar con ella. Lily, por favor. No me hagas esto.

—No insistas. Mañana con la luz del sol y todos más tranquilos, habláis, si ella quiere, ¡ojo!

—Por favor…

Lily miró a Lizbeth que negaba frenética con la cabeza.

—No quiere. No lo hagas más complicado. No empeores las cosas.

Blake colgó la llamada y miró a la ventana donde estaba Lily vigilándolo. Alejándose de allí como un fantasma errante, arrastrando los pies y con las manos metidas en los bolsillos; lo había vuelto hacer, había vuelto a meter la pata hasta el fondo y no es que sintiera remordimientos, no. Lo que le pesaba es que no se había dado la tregua de que Lizbeth volviera a confiar en él.

10

Lizbeth no durmió esa noche por el cargo de conciencia por haber vuelto a traicionar a Rhein, y por los ronquidos de Sonia a la que Ashley, Lily y Natalie no pudieron llevarse a su habitación, así que la cubrieron con una manta y le pusieron una almohada debajo de la cabeza en el suelo.

Miraba su teléfono indecisa. Quería enviar un SMS a Rhein, pero su conciencia volvía a borrar el mensaje y dejar el móvil bocabajo en la mesita de noche.

Por la mañana se levantó antes que todas y se fue a la cocina, allí estaba su yaya preparando el desayuno para el regimiento y la comida con los Castro. Después de reencontrase con su sobrina quería tener una comida intima sin los Jonhson.

—Buenos días, yaya —Saludó a su abuela sin ganas.

—Buenos días, ratoncilla ¿Cómo has dormido? ¿Lo pasasteis bien anoche? Supongo, porque por la cara que traes de resaca es más que evidente que sí, o ¿me equivoco?

Lizbeth torció la boca y se llevó una manzana a la boca dándole un sonoro mordisco.

—Pues no te creas…

—¿Qué ha pasado, cariño? No tienes buena cara.

—Que soy una simplona, eso es lo que pasa.

—¡Oye! No hables así de ti misma. No me gusta.

—Es que, yaya…

Margot le interrumpió.

—Ni yayas ni yayo, no sé qué es lo que ha pasado, pero no vuelvas a referirte así de ti misma. ¡Me oyes!

—Vale, vale…

—Ahora cuéntame, ¿qué es eso tan grave que te ha ocurrido?

—No sé si contártelo, pensarás que soy un descocá como llama a mi madre el yayo.

Margot frunció el ceño.

—No será para tanto.

—La cuestión es que estoy saliendo con un chico, un compañero de universidad —Margot la interrumpió:

—¡No me digas!

—Sí, es guapo, atento, caballeroso, detallista, inteligente muuuy inteligente, cariñoso... —suspiró.

—Bueno, bueno, sí, que estas enamorada. —Sonrió Margot.

Lizbeth le devolvió la sonrisa y prosiguió.

—Bueno, es un sueño hecho realidad.

—Y ¿cuál es el problema?, cariño —preguntó Margot sin entender por dónde quería ir su nieta.

—El problema es que en Boston le puse los cuernos.

—Lizbeth... —regañó.

—Ya, la cagada más grande que he cometido en mi vida, la cuestión es que me perdonó y le prometí que no volvería a cruzarme con ese chico y voy yo, y ¡zas! Me como los morros.

—Espera, espera, ¿el chico es de aquí?

—¿Quién? ¿Mi novio?

—No, el otro.

—Sí, es de aquí. —Omitió el detalle de que era de Blake de quien estaba hablando. Pero ella notó que su abuela la miraba como aquellas veces que la pillaba escapándose por la ventana para irse de fiesta y a la mañana siguiente la miraba con esa mirada de «estas mintiendo y lo sé».

—Es Blake el tercero en discordia, ¿verdad? Y ¿quién es tu novio?

Lizbeth abrió los ojos.

—A ver, ratoncilla, que lo vi anoche haciendo guardia y sé que Lily se quedó a dormir también.

—No se te escapa una, ¿eh, yaya?

—No, y dime ¿tu novio también es de aquí?, ¿está en la ciudad?

No hubo tiempo para saciar la curiosidad de Margot. Rigoberto entró en la cocina como un elefante en una cacharrería.

—¡Que tú y Blake sois novios! Pero niña, ¿cómo no dijisteis nada ayer?, qué alegría, ya verás cómo se entere Nick ¡ay, niña, qué alegría me has dado!

Libeth miró a su abuelo sin entender lo que sucedía e incapaz de sacarle de su error.

—Pero yayo, que…

—Pero nada, ahora mismo llamo a Nicolasito. Ay, qué alegría, madre.

Ni tiempo tuvo para decirle que no, que Blake no era su novio. Rigoberto cogió el teléfono que llevaba colgado en su cinturón sin escuchar los ruegos de su nieta que no llamara. Ni la escuchó.

—Nicolasito, hijo, ¡niño! que mi nieta y tu hijo son novios. No hombre, no, Blake, sí, ese mismo…

Si en la cocina se hubiera abierto un agujero negro que se tragase a Lizbeth y la enviara más allá del sistema solar se hubiera tirado de cabeza y en plancha. Se tapó la cara con las manos. Miró a su abuela y esta encogió los hombros.

***

—¡Beto!, ¿qué tal? ¿cómo has pasado la noche, viejo? ¿Qué hijo, Robert? ¿Blake?

—Que habrás liado ahora… —dijo Robert mientras bajaba por la escalera con Blake.

—¿Yo?

—Ay, Beto, ¿qué dices? ya decía yo, esas miraditas… si es que no se me escapa una.

—¿Papá está sonriendo? —preguntó Robert con incredulidad.

—¿Sí? Pues tan malo no es lo que haya hecho. Está hablando con el abuelo de Liz.

Nick colgó la llamada y se dirigió a su hijo con los brazos abiertos hundiéndose en un abrazo con él que lo miraba sorprendido.

—Hijo, pero ¿por qué no habéis dicho nada? —le dio un par de besos sonoros en la mejilla a un Blake totalmente desconcertado. —¡Yanelis! ¡YANELIS! —Llamó a su mujer, que a los gritos de su marido, asustándose y corriendo por todo el pasillo que daba a la zona de servicio,donde estaba la cocina, gritó asustada pensando que a alguno de los niños, no tan niños… les hubiese pasado algo grave.

—¿¡Que pasaaaa!? Por dios…

—¡Mami! que Blake y Lizbeth son novios.

Robert casi se cae del escalón. Blake medio sonrió y cómo no. No sacó a su padre de su pequeña confusión.

11

Lizbeth llamó a Blake con la esperanza que hubiese sido sensato y no hubiese seguido dando cuerda al error de su abuelo. Ni siquiera sabía por qué se había empeñado en creer que ella y Blake eran novios. No habían dado ningún motivo para que se le ocurriera semejante idea. Y ahora, mucho menos, cuando existían lazos familiares no consanguíneos, pero sí de papel. Por alguna parte había un papel que decía que ella y Blake eran primos de segunda generación, pero primos, al fin y al cabo. Esa falta de escrúpulos se la dejaba a Gianna. Pensó en como contarle a Rhein esa locura. La locura que ahora rodeaba a su familia.

Subió a la habitación. Lily ya estaba despierta y hablando con su madre por teléfono, la cual, seguramente, le estaba diciendo que pasarían el día en casa. Luego llamó a Chloe que le dio el parte meteorológico de lo que estaba ocurriendo en su casa y poniéndola al tanto de la pequeñita confusión. Lily miraba a Lizbeth con la boca abierta y riéndose a la par que molesta porque Blake no dijera la verdad y siguiera alimentando la pequeña trola.

—Y Blake, ¿no ha dicho que no es verdad, que se están confundiendo?

—Amor, yo solo sé que hasta a mí me mandó a seguir la corriente a mi padre. Mi madre y Fátima ya están pensando en el menú de compromiso.

El teléfono de Lizbeth suena con una llamada de Rhein.

—Buenos días —dijo seco.

—Buenos días, mi amor ¡mi vida! —habló Lizbeth nerviosa—, perdóname, mi cielo, mi ratoncillo de mi alma, me dejé el móvil en el coche. Cuando llegué a casa me di cuenta de que no tenía batería.

—Ajá.

—Eso ¿antes o después de ir a Spectrum?

—¿Ein? Pues, pues —titubeó, pero dijo la verdad—, después de Spectrum.

«Oh, oh»

—¿Que hacías en ese sitio? He oído que allí hay una zona exclusiva para el sexo.

—Sí, y una discoteca con muy buena música también, vamos, Rhein, los chicos quisieron ir y bueno, no sé, ¿estás enfadado?

—¿Que hacías en casa de los Jonhson?

—Eh, pues… es una muy larga historia, ¿podemos quedar para que te lo explique?

—No, hoy no puedo. Mi abuelo está un poco nervioso y no sabemos lo que le pasa.

—¿Mañana?

—Te llamo luego. Tengo que dejarte.

—¿Amor?, ¿estás enfadado?

—Nooo…, pero me gustaría que para la próxima estés más atenta al teléfono y me digas donde vas.

—Sí, ratoncillo, perdóname, no volverá a ocurrir.

Lily miraba con expectación a Lizbeth.

—Sabe que fui a Spectrum.

Lily se tapó la boca con las manos y dijo:

—Entonces debe saber lo del beso con Blake.

—No ha mencionado nada al respecto y si lo supiera, ¿no crees que estaría enfadado?, estaba más preocupado por donde estaba, con quién y que no le dijera nada.

Lily se encogió de hombros. Ashley entró en la habitación y comentó: —¿Ya le habéis dado los regalos de navidad a Rigoberto? Tiene una cara de felicidad…

Las chicas le contaron lo que había ocurrido quedándose esta perpleja y maldiciendo a Blake por no decir la verdad.

Después de *jartarse* en maldiciones, bajaron a desayunar y ayudar a Margot a preparar la comida. Dos horas después los padres de Lily estaban allí recordando viejos tiempos y cómo no, contando anécdotas de la difunta Lizbeth, que por lo que podía escuchar su tocaya que prestaba atención, menuda pieza era la tía abuela.

Se lamentó no haber tenido la oportunidad de conocerla. Menudo accidente más inoportuno y extraño. No le dio más vueltas, esas cosas suceden a menudo.

—Pero es una cosa muy extraña, si se cayó del caballo y se golpeó la cabeza, ¿cómo pudo llegar hasta el lago y ahogarse? No es tan profundo. Tuvo que adentrarse mucho para llegar a ahogarse, ¿no crees, papá? —dijo Lily mirando a su padre con cara de circunstancia, estaba claro que iba a ser policía y de las buenas, Carlos se enorgulleció, y comentó:

—Bueno, hija, estaría desorientada, el caso es que fue un accidente.

Rigoberto frunció el ceño.

—Puede ser…

—No hablemos de cosas tristes. Cuéntanos, Lily, me ha dicho tu madre que vas a seguir los pasos de tu padre y hacerte policía, y se ve que tienes madera, eres muy curiosa —comentó Margot para desviar la atención y cambiar de conversación.

—A mí me hubiera gustado que estudiara antes una carrera, no sé… abogacía como los Jonhson, y tú, Lizbeth —Señaló Carlos, el padre de Lily, que cogía su copa de ron saboreándolo.

—Papááá…, yo no quiero defender criminales, yo quiero meterlos en la cárcel; es más excitante.

Carlos agitó la cabeza.

—Ya me lo dirás dentro de un par de años cuando tengas que hacer turnos de veinticuatro horas y no puedas estar con tu familia cuanto quieras y desees.

—Deja a la niña, Carlos, te recuerdo que tú estabas de acuerdo con que siguiera tus pasos.

—Ya, ya…

Lily se levantó de donde estaba sentada y reclamó a Ashley y a Lizbeth. Las dos la siguieron. Fueron a la habitación de Lizbeth, esta cogió un cojín y se tiró en la cama resoplando.

—¿Qué te pasa? —preguntó Ashley sentándose a su lado. Lily marcaba un número en su teléfono móvil.

—Estoy pensando en Rhein, en cómo le voy a contar que mi abuelo cree que estoy saliendo con Blake. Es absurdo.

—Uf, chungo… ¿se lo vas a contar?

—Claroooo, Ashley, no puedo ocultarle algo así.

—Pues yo creo que no deberías decirle nada y arreglar este entuerto.

—¿Dónde está Blake que le estoy llamando y no coge el teléfono? —preguntó Lily a Chloe con la que estaba hablando.

—No lo sé, salió hace rato sin decirnos nada, ya sabes como es. Y tú ¿piensas quedarte todo el día en casa de Liz? —preguntó con cierto tono de desagrado.

Desde que había decidido estar con Lily tenía celos hasta de una mosca que se acercara a su chica.

Temía que llegara una mujer más decidida que ella y se la quitara. Era tal el miedo a perder a Lily que ya ensayaba en el espejo lo que le iba a decir a su padre. «Papá, soy lesbiana», se repetía frente al espejo.

—Cuando le veas dile que me llame y sí, voy a pasar el día aquí porque mi madre quiere pasar tiempo con su tía, ¿te molesta eso?

—No me hables así, Lily. Te echo de menos, ¿es un delito echar de menos a tu chica?

Lily sonrió. Que Chloe estuviera celosa le molestaba, pero le excitaba saber que ella tenía esos sentimientos, había deseado eso casi toda la vida y ahora lo tenía. Aunque era molesto que Chloe la anduviera controlando prácticamente todo el día. No la dejaba respirar.

—Lo siento, cariño, pero es que a veces te pones un poco pesadita con eso de los celos.

—¿Celos? ¿Yo? Y ¿de qué se supone que debo tener celos, debería?

—No, pero…

—Mira, Lil, déjalo, hablamos en otro momento, Gigi acaba de llegar.

Sin más, Chloe colgó la llamada. Lily miró a Ashley y después a Lizbeth descolocada.

Blake se bajó de su coche echo una furia, enfilando hacía una puerta de aluminio que se abría y que de la cual salía un chico a recibirle.

—Buenas tardes, patrón.

Blake lo fulminó con la mirada. Entró en lo que parecía una especie de almacén, pasando a una cocina donde cocinaban la coca. Hunter estaba ahí, riendo y fumándose un porro de maría con otros dos chicos, que enseguida, al ver a Blake, se irguieron poniendo las caras serias. Hunter se giró en la silla donde estaba sentado sin soltar el porro y sonriendo. Dio la bienvenida a Blake.

—Ey, bro ¿qué pasa, y esa cara? —preguntó.

—¿Qué hiciste con el cadáver de Jimmy? —dijo mientras lo levantaba de la silla por la camiseta y estampándolo contra la pared—. ¿Qué cojones hiciste con el cuerpo? —habló con los ojos rojos de la rabia y la mandíbula tensa.

—Se lo di al carnicero, tío, relájate.

Blake lo soltó.

—¿Qué me relaje, tremendo imbécil? El muy gilipollas lo descuartizó y lo repartió por toda la puta ciudad.

—¿Y qué? ese ya no es asunto mío.

Blake le puso el puño en la cara.

—¡Eres gilipollas! y ¿si la puta poli encuentra huellas en el cuerpo de estos dos imbéciles? nos relacionaran, estúpido. ¿Qué hiciste con el arma?

Hunter lo miró y su semblante y su sonrisa despreocupada desaparecieron.

—La guardé en mi casa, en una caja fuerte que tengo oculta —dijo con miedo.

—¡Joder! Pero tú eres GILIPOLLAS ¿Cómo vas a ocultar el arma de un asesinato en tu casa?

Blake empezó a dar vueltas por el despacho en el que se encontraban.

—Te estas vengando por lo de Gigi. Tú lo que quieres es que me cojan y librarte de mí, o son tus putos celos porque Santos confía más en mí que en ti.

—Si quisiera vengarme por lo de Gigi, te hubiera hundido hace tiempo, y a mi pesar, si quieres te la devuelvo. Tu primita está muy insoportable últimamente.

Blake le fulminó.

—Ahora te jodes y te la quedas

—Eso son las hormonas. Mi mujer cuando estaba embarazada… —dijo uno de los chicos que estaban ahí.

Blake y Hunter miraron al chico con mala cara.

—¡Cállate!

El chico levantó los brazos y se arrinconó.

—No te preocupes, bro, sacaré el arma de ahí; de todos modos, Gianna, no tiene conocimiento de esa caja.

—Subestimas a Gigi, si hay dinero ahí; sabrá de su existencia. Eso te lo aseguro yo.

El teléfono de Blake sonó en su pantalón. Lo sacó del bolsillo y miró quien le llamaba, era Lizbeth.

Él se apartó y cogió la llamada.

—Hola —dijo con voz melosa y sonriendo.

—¿Me puedes explicar por qué cojones no les has dicho a tus padres que no tenemos nada?

—Te lo puedo explicar…

—No necesito que me expliques nada, di la verdad, Blake.

—Déjame que te lo explique, hay cosas que tú no sabes.

—¿Qué cosas?

—Te invito a cenar y te explico.

Lizbeth dudó un momento, puso la mano en el micrófono del teléfono y preguntó a Lily y a Ashley que debía hacer. Ellas se encogieron de hombros. Pero antes de que Lizbeth le diera una contestación a Blake, Lily le dijo que sí, con un gesto con la cabeza.

—Está bien, ¿dónde y a qué hora?

—Yo pasaré a recogerte.

—¡Ni de coña! ¿qué quieres, que mi abuelo vea que salgo por la puerta de mi casa contigo y seguir alimentando la mentira asquerosa esta?

—Te voy a recoger —dijo y sin dejar de terminar de hablar a Lizbeth, cortó la llamada. Miró a Hunter.

—Soluciona lo del arma.

Hunter asintió.

—¿Ya te vas? —preguntó. Había asuntos que resolver.

—Sí, ya me voy. Tengo cosas que hacer.

—Pero…

—Mañana hablamos.

12

Blake fue anunciado por Sonia a voz en grito.

—Lizzy, tu…

—Cállate.

Lizbeth, que había visto llegar a Blake por la ventana de su habitación, bajo rauda las escaleras y lo arrastró rápido hacia el coche. No quería que su abuelo la viera salir de la casa con él. Blake se subió al coche sonriendo, le parecía cómica la actitud de Lizbeth.

—No me hace gracia, Blake, arranca vámonos ya —ordenó asegurándose que nadie los veía excepto Sonia que se reía con Lily en la ventana.

—Perdón.

—Mejor, cállate, ¿sí?

Condujeron hasta un restaurante en el Bronx. Un restaurante de comida latina y con música en directo. Sonaba salsa cuando entraron en el local, un grupo de salseros tocaban la canción de *DLG, La quiero a morir*. A Lizbeth se le montó un nudo en la garganta y las piernas dejaron formar parte de su cuerpo totalmente independientes que invitaron a Blake a bailar. Le encantaba esa canción y bailar. Había sido discípula de su abuela cuando esta tenía una academia de baile latino en Badalona y había participado en varios campeonatos siendo siempre la invicta ganadora junto a Jordi, del que se acordó en ese preciso instante, y en la promesa que le había hecho de llevarle una gorra de los Red Sox a su vuelta a Badalona, la que veía muy lejana y ahora más con su familia allí. No habían hablado de cuando iban a regresar, pero Lizbeth dio por hecho que con los reencuentros con los Jonhson y los Castro la estancia de los Montesinos seguramente se alargaría.

Blake aceptó encantado y bailaron como si lo hubiesen hecho desde siempre, en perfecta sincronización, cuando la canción dejó de sonar, le indicó la mesa y le abrió la silla invitándola a sentarse.

—Cada día me sorprendes más, después no te quejes cuando muera de amor por ti. ¿Qué quieres tomar?

Lizbeth lo miró dudosa. El lugar no le desagradaba, le gustaba por la música que ponían. Quería que le dijera ya lo que le quería decir, esas cosas que ella no sabía.

—Un ron cola —dijo al fin. Una chica se acercó a Blake y saludó con demasiada confianza. Lizbeth arrugó la frente levantando las dos cejas.

—Hola, papi, mucho tiempo que no te veía por aquí ¿Pasando las fiestas con la familia?

—Sí —contestó incomodo mirando a Lizbeth.

—Te pongo lo mismo de siempre, ¿vas a cenar?, mi mamá ha preparado su especialidad.

—Sí, y a ella le pones un ron cola

La chica la miró con desagrado.

—¿Tu chica?

—No —se adelantó Lizbeth a contestar.

Blake le clavó su azulada mirada con media sonrisa y sorprendido por la rapidez de su respuesta. Era cierto, no eran pareja, pero ¿por qué tanta prisa por aclararlo?

La chica la ignoró y volvió a mirar a Blake apoyándose en la mesa donde estaba. «Menuda descarada», pensó.

—Sigo esperando a que me llames —dijo y Lizbeth abrió la boca de sorpresa arqueando las dos cejas.

—Bonita, tengo sed, si no te importa…

La chica se giró a mirarla y se incorporó marchándose, contoneando sus enormes caderas y su ombligo tatuado hacia la barra a ordenar lo que habían pedido.

—Vaya. Todo un conquistador.

Blake tuvo la sensación de que Lizbeth se había puesto celosa y eso le excitó. Se humedeció los labios y se inclinó hacia ella. Esta se echó para atrás, Blake estaba dispuesto a asaltarle la boca y ella le hizo una cobra suprema que casi hace que se cayese de la silla.

—¿Te molesta?

—Psss, ¿a mí? Sigue soñando, por ahí dicen que los sueños son gratis. Mira, Blake, esto no es una cita, me tenías que contar algo o ¿me equivoco?

—No, no te equivocas.

—¿Qué son esas cosas que no aún no sé y por qué se supone que hacen que deba seguir con esta trola que has empezado?

—Perdona, Liz, pero has empezado tú. Si tú hubieras sacado de su error a tu abuelo… esto no estaría pasando. Así que, a mí no me culpes.

Era verdad. Lizbeth debió decirle a su abuelo que se estaba equivocando, que no era así.

Hizo un silencio y cruzó los brazos.

—Es verdad, pero tú debiste decir la verdad.

Blake sonrió. La chica volvió aparecer con las bebidas. Lizbeth se bebió de un trago hasta la mitad del vaso de tubo.

—No vayas tan rápido o te sentará mal.

Lizbeth le miró y dejo el vaso sobre la mesa.

Blake cogió aire, le dio un trago a su copa y se inclinó sobre la mesa.

—Tu abuelo y el abuelo de Rhein se conocen.

—¿Qué?

—Sí, ellos, los Rogers, son los socios que hicieron que tu familia huyera de aquí.

—¿Perdón?

—Si ahora vas y le dices a Beto que Rhein Rogers es tu novio puedes ir despidiéndote de él.

—Mi abuelo no haría eso, me quiere mucho.

No es verdad, si Rigoberto se enterase que un Rogers anduviera cortejando a su nieta no solo le prohibiría seguir saliendo con él, es que se la llevaba derechita a Badalona en el primer vuelo que saliera directo del Aeropuerto de Nueva York. Por lo que he oído y sé del mismo Reinaldo Rogers, fue algo muy grave que paso en ambas familias.

—¿Qué cosa?

—Eso, yo ya no lo sé. Mis padres no profundizan en eso y Reinaldo cambia de conversación.

—¿Y esa confianza con el abuelo de Rhein?, digo, porque le llamas por su nombre de pila.

—Digamos que trabajamos juntos.

Lizbeth enarcó una ceja y volvió a beber de su ron.

—¿Qué trabajo?

—Otro día te lo cuento.

—Vendes droga, vamos, que eres un camello y de los gordos.

Blake empalideció.

—Me di cuenta el otro día, en Spectrum la gente se acercaba a ti y te llamaban patrón.

Blake volvió a beber de su copa.

—No se lo digas a Lily. Ella piensa que lo dejé hace tiempo.

Lizbeth se sorprendió por la sinceridad de Blake.

—Lo sabía, he salido con muchos como tú. Parecéis de la misma madre.

Entonces Lizbeth abrió la boca aspirando el rancio aire a comida frita del local, humo de tabaco y perfumes baratos.

—¿El abuelo de mi ratoncillo vende droga?

Blake la miró y respondió:

—Digamos que sí.

—¡Que fuerte! —exclamó. —¿Y mi ratoncillo lo sabe?

—No lo llames así, suena ridículo.

—Lo llamo como me da la gana, ¿te enteras?, más quisieras tú que te llamara así.

—Créeme que no. —Sonrió.

—Y mi familia, ¿tenía algo que ver con eso? o ¿es de ahora?

Blake la miró sin decir ni una palabra confirmándolo.

Lizbeth sintió un calor abrasador por todo su cuerpo al saber que su yayo tuviese que ver con esa clase de negocios en un pasado.

—Dios mío… —resopló abanicándose con la mano.

—¿Estás bien?

—¡No! Joder, no estoy bien; que mi yayo hubiese sido un ¿narco? Ay, morenita, ¿en serio?

—Ahora entiendes por qué tu yayo no se puede enterar que tú y Rhein sois novios.

—Ay, señor, virgencita. O sea que esto va por drogas, una especie de guerrilla entre mi yayo y ese señor.

—Algo así. —Mintió, la verdad es que su abuelo y Reinaldo habían sido pareja y cuando los padres de Reinaldo se enteraron amenazaron a los Montesinos con hacer pública la homosexualidad de su hijo y les hicieron huir del país dándoles la mitad de su fortuna.

13

—Ya estoy aquí, ¿qué quieres?

Reinaldo cerró los ojos e inspiró aire expirándolo en una gran sonrisa, mientras miraba por el enorme ventanal de su despacho admirando las hermosas luces de Nueva York. Dio un sorbo al vaso de cristal de Bohemia que tenía en la mano y dándole un sorbo, se giró.

—Ya estás aquí… —Suspiró dejando el vaso sobre su escritorio de cristal. Caminó unos pasos hacia Rigoberto, este dio varios pasos atrás y ordenó:

—No te acerques a mí.

Reinaldo se frenó.

—Estás igual —dijo—, viejo como yo, pero igual, tus ojos siguen mirándome con ese terror a ser descubiertos.

—Déjate de monsergas, Reinaldo, y dime qué es lo que coño quieres.

—No te alegras de verme eh, mi Beto, porque yo estoy feliz por tenerte aquí. —Se acercó a él raudo y lo asió del cinturón. Rigoberto le quitó con brusquedad la mano de su cinturón con ganas de soltarle un puñetazo.

—No vuelvas a tocarme, porque yo no soy como tú, tengo una mujer y una familia.

—Yo también tengo una familia y tuve una mujer ¿Cómo está la zorra de Margot? Supongo que feliz. Consiguió su propósito esa mosca muerta.

—No te atrevas a insultar a mi señora. Y lamento el fallecimiento de la tuya.

Reinaldo hizo una mueca cínica mirando al suelo.

—Dime ya lo que quieres y terminemos con esto de una vez.

—Sabes perfectamente lo que quiero, Beto.

—Mira, Reinaldo, hay una cosa que te tienen que quedar bien clara. Lo que pasó entre nosotros quedó en el pasado, ¡es más! Jamás debió de haber un nosotros en aquella época. Yo estaba confundido. No sabía lo que hacía…

—Cállate, Beto. Sabías lo que hacías. Ahora no vengas con excusas baratas.

Reinaldo se dio la vuelta y volvió a clavar su mirada en las luces de la ciudad.

—Me amabas, igual que yo a ti, y yo… te sigo amando —confesó.

—Eso pasó hace mucho, éramos jóvenes e imbéciles y aquello tuvo sus consecuencias.

—No fue culpa nuestra. Fue culpa de la época y de lo cerrada que estaba la sociedad en aquel momento o ¿te olvidas de que mis padres me encerraban durante meses en un manicomio, porque estaban seguros de que lo que yo era… era un loco?

—Y lo siento mucho, pero yo no soy así, soy heterosexual y amo a mi mujer.

—¡Una mierda! —gritó Reinaldo con la voz ronca y temblorosa—. Tú me amabas y me lo decías o ¿no te acuerdas cuando hacíamos el amor?

—No vuelvas a repetir eso. ¿Qué te pasa?

—¿Qué me pasa? que no aguanto más, que no puedo seguir viviendo así, con este amor que me quema en las entrañas. No he amado a otro hombre como te amo a ti —escupió acercándose a Rigoberto, mientras este caminaba hacia atrás en sus pasos y tropezando con la pared, Reinaldo lo apresó apoyando las manos en la pared.

—Te amo, Beto, y jamás voy a dejar de amarte. Ahora podemos amarnos en libertad ¿eh? como soñábamos, cuando queríamos fugarnos a Paris y vivir nuestro amor.

—Cállate, por el amor de dios, Reinaldo, cállate.

—¿Por qué? Eh, acéptalo, Beto, tú también me amas.

—¡NO! —Lo empujó y Reinaldo tropezó con la figura de cristal que tenía a su lado, haciendo que esta se cayera y se hiciera pedazos—. No vuelvas a repetir eso y grábate esto en tu mente enferma: estoy enamorado de Margot y siempre lo estuve, tú no fuiste nada en mi vida, lo que hubo entre nosotros fue un terrible error que pagó mi hermana, porque estoy seguro de que Dios me castigo arrebatándomela, y a mi familia.

—Te amo —musitó.

—Pues si tanto me amas devuélveme lo que es de mi familia y déjame vivir en paz.

—Y si lo hago, ¿volverás conmigo?

—¿Estás loco?

—Loco, loco… todos se empeñan en decir que estoy loco. ¡No estoy loco!, estoy enamorado.

—Estás mal.

Rigoberto, harto de escuchar a Reinaldo, se dio la vuelta para marcharse, puso la mano en el pomo de la puerta.

—Te devolveré todo si vuelves conmigo.

—Quédatelo —dijo Rigoberto cerrando la puerta tras de sí. Lo único que pudo oír fue a un Reinaldo totalmente desquiciado, rompiendo todo lo que encontraba a su paso. Gritando a pleno pulmón con la voz ronca su nombre incansable, haciendo que a Rigoberto se le pusieran los pelos de punta. Un escalofrío recorrió su cuerpo y se apresuró hacia el ascensor.

Pulsó el botón y en segundos el aparato abrió las puertas. Cuando entró y estas estaban a punto de cerrarse, Reinaldo quiso subirse con él, desesperado, con la mirada llena de lágrimas y los ojos enrojecidos, pero Rigoberto lo paró con la mano. Reinaldo cayó de rodillas frente a él, abatido, en el suelo. En su mente los recuerdos con Rigoberto sucedían como *flashbacks*; se veían jóvenes y enamorados, y un oscuro recuerdo se apoderó de él, la noche en la que no pudo más, la noche en la que cogió la escopeta de caza de su padre y les arrebató la vida, mientras dormían, a aquellos seres que le habían dado la vida y que lo encerraban en manicomios para curarle la homosexualidad, con la esperanza de que sin ellos Rigoberto volvería con él, volvería a sus brazos, pero la realidad le pegó de lleno en la cara cuando localizó a su amor y este se había casado con la hija de la cocinera y vivía feliz y con hijo en una ciudad de España, Badalona.

Made in the USA
Columbia, SC
18 February 2022

56427222R00152